KB176948

장광효,
세상에
감성을
입히다

new
bletas
Men's Technical Form
A5

장광효, 세상에 감성을 입히다

옷 짓는 남자의 패션라이프 스토리

장광효 지음

북하우스

Design is my figure,
my spirit and my enthusiasm...
just as it is.

C O N T E N T S

PART 1

나는 대한민국 최초의 남성복 디자이너다!

남다른
시도를
즐기는
내
열정

최초 국내 남성복 디자이너 컬렉션 개최

최초 국내 남성복 디자이너 파리남성복전시회 참가

최초 국내 남성복 디자이너 파리컬렉션 참가

최초 국내 남성복 디자이너 홈쇼핑 오픈

내 이력에는 유독 최초라는 단어가 많이 따라다닌다. 최초 리스트가 많은 까닭은 모두 '도전을 통한 성장'이라는 철학 때문이다. 나는 누가 앞서 지난 길에는 별로 흥미가 없다. 미개척분야를 가야겠다는 나름의 신조로 불모지에 도전했고 성공했다. 불모지에 도전하는 것은 언제나 힘들고 노력과 책임감이 더 많이 필요하다. 사실 필요 이상의 에너지를 소모하는 일이 될 수도 있다. 하지만 나만의 독창적 세계를 구축할 수 있다는 큰 매력이 있기에 절대 포기할 수 없었다.

고교시절부터 그림에 남다른 재능을 보였던 나는 과감하게 진로를 의상학과로 선택했다. 당시 4년제 대학의 의상학과는 남자는 지원할 수 없는 여자들의 전유물이었음에도, 그래픽디자인을 전공하며 의상학을 부전공으로 선택하는 꼼수를 부려가며 기어이 공부를 하고 말았다. 아무도 가지 않은 길을 홀로 걸었던 그 순간부터 나의 철학은 자연스레 생성되었으리라.

내가 남성복을 선택했던 이유도 다름없다. 모두가 여성복을 디자인하는 상황에 편승해 따라가기보다는 경직된 남성복의 틀을 깨고 싶었다. 이러한 선각자 정신은 나를 더욱 돋보이게 했고, 지금의 나를 있게 한 원동력으로 작용했다. 홈쇼핑 역시 남들이 모두 '노' 할 때 시작한 것 아닌가? 기회는 모두에게 오는데 사람들은 기회를 보지 못하고 안 온다고 불평을 하는 것이다.

나는 또한 금기라는 단어를 좋아하지 않는다. 최초로 본격적인 남성복 디자이너로 나설 때도, 그리고 근엄하게만 보이던 '디자이너 선생님'의 신분으로 시트콤 〈안녕, 프란체스카〉에 등장해 능청스럽게 시청자를 웃길 때에도 내 목표는 그저 남들이 이제껏 하지 않은 뭔가 새로운 것에 도전해보고 싶다는 것이었다. 남다른 시도를 즐기는 내 열정은 디자이너로서의 성공 못지않게 대중적인 유명세를 일구었고, 급변하는 트렌드 속에서도 지금까지 즐겁게 일하게 하는 힘이 되고 있다.

젊음,
미친 듯이
일할 수
있다는
특권

밖에서 나를 보고 성공한 디자이너라고 한다. 하지만 나는 직장생활을 할 때나 사업가로 사는 지금이나 삶에서 큰 차이를 느끼지 못한다. 월급쟁이 생활을 할 때도 '나는 월급쟁이이니 받는 만큼만 일하겠다'는 생각을 단 한 번도 하지 않았다.

의류회사 논노에서 수석디자이너로 일할 때도 휴가 한 번 가지 않았다. 당시 연봉이 3천만 원이었는데 받는 만큼 일한다는 생각으로 일했으면 그토록 열심히 하지는 않았을 것이다. 당시 논노는 무려 17개의 의류회사를 거느린 의류업계 최대기업으로 실제 모든 디자이너의 '목표'이자 '지향점'이자 '꿈'이었다. 그곳에서 디자인실장으로 일한다는 것은 디자이너로서 최고의 명성이며 자랑할 만한 대단한 커리어였다. 누구나 선망하는, 디자이너로서는 최고의 회사가 '논노'였다.
그러나 최고의 회사가 그냥 저냥 한다고 어디 만들어지겠는가. 세상 어디에도 공짜는 없는 것과 같은 이치로 그곳에서의 생활은 그야말로 엄격한 사관학교를 방불케 했다. 또한 그곳에 뽑혀온 디자이너들은 기존의 다른 브랜드에서 각자 날고 긴다는, 이른바 최고의 디자이너들로 포진. 그래서 일에 대한 열정도 서로에 대한 경쟁도 참으로 대단했다. 하지만 누구 못지않은 디자인에 대한 열정을 가진 나였다. 이런 속에서 내 열정이 최고조에 달하며 나는 점점 워커홀릭으로 변해갔다.
당시 나는 그저 일을 한다는 것이, 디자인에 빠져 있는 시간이 좋았다. 시간 가는 줄 모르고 일을 하다 보면 자정을 넘기기 일쑤였고, 마감 때에는 혼자 마무리 작업을 하는 날 집에 데려다 주기 위해 상사는 옆 소파에서 자며 새벽까지 날 기다렸다. 한창 일에 미쳐 있을 때에는 밥 먹는 시간도 아깝다고 생각했었다. 그렇다고 굶을 수는 없고……. 어느 날 집에 있는 전기밥솥 코드를 빼 아예 회사 책상 밑으로 옮겨버렸다. 말 그대로 '일하면서 밥해 먹기'를 실현하며, 하루 종일 책상에 앉아 무섭게 일했다.
디자이너라는 특성상 이렇게 일에 몰두하는 순간도 필요하지만, 직장생활은 물론 단체생활이다. 사람 사이의 커뮤니케이션도 필요하고, 비즈니스를 하며 일을 진행시키는 것도 필요하다. 직장생활을 하면서 몸에 밴 몇 가지를 열거해보면 첫 번째는 사람을 만나러 가기 전에 반드시 옷매무새와 얼굴을 점검한다. 타인에게 좋은 이미지를 주기 위해서다. 담배도 일부러 피우지 않는데, 건강이 모든 일의 기본이라 생각하기 때문이다. 건강관리의 중요성을 인식한 것도 이때부터다. 체력은 디자인할 때 꼭 필요한 것 중 하나이다. 나는 지금도 운동을 통해 건강을 관리한다.

두 번째는 재미있게 이야기하려고 노력한다. 사람을 만나 비즈니스 얘기만 하고 돌아올 수는 없는 노릇이다. 상대방이 즐겁게 들을 만한 이야깃거리가 있어야 그도 즐거운 마음으로 대화하지 않겠는가? 평소 책과 신문을 읽으면서 화제가 될 만한 소재를 머릿속에 입력해놓는 습관도 이때 만들어진 것이다.

세 번째는 신뢰를 칼같이 지킨다. 샐러리맨이나 사업가 모두에게 평판은 매우 중요한 요소들이다. 감정선이 예민한 디자이너라는 직업상, 사실 믿음과 신뢰라는 부분은 소홀하기 쉬운 문제들이다. 그러나 신뢰를 잃으면 어떤 비즈니스도 할 수 없다. 마감기간은 물론 디자인에 대한 퀄리티도 언제나 적정 수준 이상 맞춰주어야 다음번에도 믿고 맡길 수 있는 관계가 된다.

이밖에 성공적인 삶을 위해서는 신뢰와 더불어 헌신과 열정이 필요하다. 헌신과 열정 없이는 일에 있어서도 성취가 불가능하다. 그 다음에 디자인을 잘해야 한다.

1945년 일본으로 밀항해, 현재 일본 갑부 20위에 오른 '파친코 황제' 마루한 한창우 회장의 메시지도 함께 전하고 싶다. 일본에서도 차별이 많았지만 '실력, 신용, 교양' 이 세 가지면 어떤 차별도 넘어설 수 있다는 것을 말이다.

요즘 세대를 보면 회사는 단순히 돈을 버는 곳이라고 생각하는 젊은이가 적지 않다. 하지만 회사는 하루의 대부분을 보내는 곳이다. 결코 시계추처럼 왔다 갔다 해도 되는 곳이 아니다. 자신의 꿈을 키우고 실력을 쌓고 인적 네트워크를 만들 수 있는 생생한 교육현장이 바로 회사이다. 많은 젊은이가 회사는 가정에 이어 제2의 삶의 공간이라는 사실을 정확히 인식했으면 하는 바람이다.

나는 결코 돈을 보고 일하지 않았다. 내가 좇는 것은 바로 성취감이었다. 나의 작업과 합리적인 사고 속에 나온 상품. 그리고 그것의 성공을 통해 느낀 성취의 희열감이 나를 지금의 자리까지 이끈 것이다.

유명 디자이너가 되고 싶어 하는 사람들에게 이렇게 얘기해주고 싶다.

'돈을 좇지 말고 일을 좇아라. 그리고 성취를 통한 희열감을 맛보기 위해 원칙을 지키며 자신을 절제하라. 그러면 돈은 저절로 따라올 것이다.'

사소해 보이는 하루하루가 지난 어느 날, 자신도 모르게 '여유만만 베테랑'의 미소를 짓고 있는 순간은 분명 찾아온다.

50번의 패션쇼를 해내다!

디자이너로서 나는 일 년에 두 번 패션쇼라는 큰 행사를 치러야 했다. 1991년부터 SFAA(서울패션아티스트협의회) 회원으로 입단하고 2007년 가을까지 무려 서른네 번의 패션쇼를 가졌다. 정기적으로 갖는 이 쇼 외에도 파리컬렉션 등 각종 초청 패션쇼까지 합하면 약 50회에 달한다. 손가락으로 그 숫자를 헤아려보다 나조차도 믿어지지가 않았다. 디자이너로서 열정이 없었다면, 사명감이 없었다면 불가능했을 것이다.

패션쇼의 장소도 그 세월 동안 아주 다양하게 변화했다. 덕수궁, 경복궁, 시립미술관, 국립현대미술관, 코엑스 그리고 최근 치른 국립극장 야외무대까지. 그중 나의 기억 속에 오래도록 남는 무대는, 아무래도 역사를 좋아하는 나의 취향 때문인지 덕수궁과 경복궁에서의 패션쇼이다.

덕수궁에서의 테마는 '황제의 죽음'이었다. 바로 덕수궁에서 돌아가신 고종황제를 기리고 싶었다. 정전 앞에 런웨이를 설치하고 쇼를 했는데, 조명을 비추니까 단청이나 기둥이 새로운 예술품처럼 반짝 살아났다. 한국의 고전미를 아름답게 표출했다. 모델의 머리는 왕처럼 상투를 틀었다. 그리고 일본에게 주권을 빼앗기고 그것을 찾으려 노력했던 비운의 황제의 애통한 심정을 의상을 통해 마음껏 표출해냈다.

덕수궁이 고종황제였다면, 경복궁 쇼의 테마는 '명성황후'였다.

명성황후는 경복궁에서 일본 낭인들에 의해 살해되었다. 나는 고등학교 다니던 시절부터 경복궁 담을 지나다니며 생각했다.

'낭인들이 어떻게 저 높은 담을 넘어서 구중궁궐로 들어갔을까.'

그래서 나는 쇼를 통해 그런 일본 낭인을 표현하고 싶었다. 복면을 하고 은밀하게 담을 넘었던 낭인을 상상했다. 그러나 쇼에서 모델에게 복면을 착용하게 할 수는 없었다. 모델의 표정이 다 가려지기 때문이다. 그러다 문득 생각한 것이 검은색 끈이었다. 모델의 귀에서 코 아래로 검은 끈을 둘렀다. 그것으로도 충분히 서늘한 낭인의 이미지가 살아나는 것 같았다.

낭인들은 그 문제의 밤에 건청궁 옥호루에 자리한 명성황후의 침소까지 침범하여, 자고 있던 명성황후를 끌어낸다. 그리고는 고종의 침소가 있던 장안당 뒤뜰로 끌고 가 칼로 잔인하게 죽인다. 이것으로 끝나는 것이 아니었다. 그 시신을 다시 뒷

산으로 가지고 가 태워버린다. 한 나라의 국모가 그토록 잔인하게 죽임을 당하는 경우는 역사상 그리 흔치 않을 것이다. 나는 쇼를 통해 우리가 이런 치욕을 잊지 말고, 스스로 각자의 자리에서 노력하여 더욱 국가적 힘을 키우자는 의도를 담고 싶었다. 나 혹은 나와 동시대에 사는 사람은 물론이거니와 후대에까지 정서적 공감대가 형성되고, 한국인으로서 민족적 자긍심을 당당하게 갖기를 소망하는 마음에서 테마에 충실하려 했다.

또 하나 기억에 남는 쇼는, 정기 패션쇼가 아닌 1995년 11월에 했던 국립현대미술관 초대쇼다. 디자이너와 미술을 접목한 그 쇼에 나는 패션디자이너로서 처음 초청되었다.

홍대 미대 교수로 재직 중인 현대화가 두 명과 내가 한 팀을 이뤄 쇼를 진행했다. 나는 그 화가의 추상화를 옷감에 프린트해서 옷을 만들었다. 국립현대미술관 내부 백남준의 비디오 탑 〈다다익선〉 작품이 있는 로비에 런웨이를 설치하고 아방가르드하고 아트적인 느낌이 물씬 풍기는 패션쇼로, 이런 무대에서 패션쇼를 할 수 있다는 것 자체만으로도 영광스러웠던 순간이었다.

나의 패션쇼는 단순히 앞으로 도래할 패션의 경향만을 짚는 것에 그치지 않았다. 나는 패션쇼를 하나의 '예술'로 생각했다. 그래서 패션쇼는 늘 테마 중심이었다. 내가 생각한 테마에 따라 옷이 만들어지고, 무대가 설치되고 음악이 선곡되었다. 쇼의 테마는 당시의 경험과 호기심, 그때그때의 상황에 따라 생겨났다. 사춘기에 접한 문학 작품에서 모티브를 얻은 알퐁스 도데의 소설 〈별〉, 러시아 여행에서 목격한 '러시안 블루', 또 앞서 말했던 '고종황제'나 '명성황후' 등 역사의 인물이나 사건 등이 바로 그런 것들이다. 호기심 많은 나에게, 쇼의 테마는 언제나 무궁무진했다.

테마가 정해지면 제일 먼저 그 테마에 맞게 옷을 디자인한다. 디자인은 늘 내가 해오던 일인 만큼 제일 손쉽다. 보통 한 쇼당 45벌의 옷을 만드는데, 각기 다른 30벌의 옷을 기초로 15벌은 그에서 파생된 응용 디자인으로 꾸며진다. 컬러는 보통 세 가지 군으로 나눈다. 15분간의 쇼에 맞추어 각 5분씩 세 파트로 나누며 파스텔, 비비드, 블랙&화이트의 각기 다른 컬러를 배치한다.

디자인이 끝나면 니트, 액세서리, 정장, 캐주얼 등 각 공장에 작업발주서를 내리고, 1차 광목으로 가봉한 다음, 쇼를 열기 열흘 전쯤 모델들에게 직접 옷을 입히는 피팅 작업을 거칠 때까지 계속 수정한다.

모델 선발은 오디션을 통해 이루어진다. 보통 700명 중에서 15명 정도를 뽑는데, 쇼의 테마가 미리 정해져 있으므로 이에 어울리는 마스크와 분위기를 가진 친구를 선발하는 게 우선이다.

옷이 만들어지면 다음 걱정은 무대이다. 테마에 알맞게 무대를 연출하는 것이 정말 중요하다. 나는 그동안 테마에 꼭 맞는 멋진 무대를 보여주었다는 칭찬을 자주 들었다. 하지만 그 칭찬만큼 수고로움도 만만치 않았다고 고백한다.

내가 보여준 특별했던 무대는 유니버설발레단의 〈잠자는 숲속의 미녀〉의 무대를 고스란히 패션쇼 무대로 가져온 것, 폐타이어 2천 개를 대여하여 차곡차곡 쌓아 올린 것, 엘리베이터 두 대를 무대에 설치한 것, 런웨이를 모두 흑경(검은 거울)으로 깔았던 것 정도가 기억에 남는다.

먼저 〈잠자는 숲속의 미녀〉의 발레 무대를 옮겨온 사연은 이러했다. 원래 생각해둔 테마는 유럽의 중세였다.

'중세 유럽의 느낌을 줄 수 있는 무대가 필요한데, 어떻게 하면 될까. 어떤 식으로 무대를 꾸며야 이국적인 유럽의 중세 느낌을 표현할 수 있을까.'

오랫동안 그것으로 고민하던 차에 우연히 아내와 함께 발레를 보러 가게 되었다. 그게 바로 유니버설발레단의 〈잠자는 숲속의 미녀〉였다. 발레 무대를 보는 순간, 나는 딱 이거다 하는 생각이 들었다. 그러나 한창 진행하고 있는 공연의 무대를 빌리는 일은 쉽지 않았다. 발레 이외의 목적으로 사용되는 것은 발레단의 방침에도 어긋나는 일이었다. 그러나 결국 예술의 진정성이 통했고, 2천5백만 원 상당의 대여비를 지불하고 그 무대를 쇼장으로 가져올 수 있었다.

폐타이어 2천 개를 대여하고 무대 뒤에 차곡차곡 쌓아 올려 무대를 꾸몄던 쇼는, 그때의 테마가 '호기심 여행'이었다. 무대를 통해 여행의 느낌을 어떻게 표현할까 고심하던 차에, 연상을 해보았다.

'여행, 여행을 가려면 자동차를 타고 간다. 그러면 자동차를 가져다 놓아야 하나? 아, 자동차는 바퀴. 자동차 바퀴. 아, 그러면 타이어를! 타이어를 수천 개 쌓아볼까?'

그래서 폐타이어를 쌓았던 것이다.

엘리베이터 두 대를 설치했을 때와 런웨이를 흑경으로 꾸몄던 무대는 모두 퓨처리즘, 즉 미래주의가 그 테마였다. 엘리베이터는 미래와 현재를 잇는 매개 역할을 했다. 모델이 속이 훤히 들여다보이는 유리로 된 엘리베이터를 타고 내려와 런웨이를 걷는 것으로 시작되었다. 그때 드라마 〈내 이름은 김삼순〉으로 한창 주가를 올리던 배우 현빈이 메인 모델로 무대에 섰는데, 그가 엘리베이터를 타고 내려와 런웨이를 걷자 반응은 그야말로 폭발적이었다.

런웨이를 모두 흑경으로 깔았던 무대는 더 고민이 많았다.

'엘리베이터 쇼도 한 번 했었고, 이번엔 무엇으로 미래의 느낌을 표현할 수 있을까.'

나는 '미래'라는 이미지를 다시 떠올렸다. 미래는 무조건 사이버틱하다고만 생각하는 구태의연한 생각에서 좀 벗어나고 싶었다. 나는 미래의 본질에 대해 생각해 보았다.

'미래는 아직 오지 않은 미지의 것. 하지만 현재의 상황에서 조심스럽게 가늠해 볼 수 있는 것이 미래이다. 그렇다면 미래는 보일 듯 말 듯한 거울과 닮았구나. 그렇구나. 거울! 추측할 수밖에 없으니 밝은 거울이 아닌 검은 거울의 이미지와 일치하는구나.'

그래서 무대가 모두 흑경으로 만들어졌던 것이다. 그런데 또한 공교롭게도 쇼의 메인 테마 음악이 슈베르트의 〈물 위에서 노래함〉이었다. 흑경은 자연스럽게 물의 느낌도 살려주어 일석이조의 효과를 보았다.

음악도 패션쇼 무대만큼 중요하다. 아니 어쩌면 제일 중요하다. 사람의 귀란 그 어느 감각보다 민감하니까. 그래서 나는 쇼 음악에도 남다른 유난을 떨었다. 옷이 음악을 만나는 순간 디자이너에게는 가장 긴장되는 순간이다. 음악이 옷을 살며시 건드리면 마치 죽어 있던 옷이 살아나 춤을 추듯 음악과 옷은 아름답게 조화를 이룬다. 내가 미처 알지 못했던 느낌이 전해 오면서 가슴이 뭉클해지고 옷이 훨씬 이해하기 좋은 옷으로 둔갑하는 듯한 착각을 느낀다.

보통 다른 디자이너들은 패션쇼 연출업체 소속 음악감독에게 음악 선곡을 맡긴다. 그러나 그렇게 하다 보면 자신의 쇼 테마에 딱 알맞은 음악을 고를 수가 없다. 한 사람의 음악감독이 많은 디자이너의 음악을 맡아야 하기에, 어느 특정 디자이너에게 각별히 신경을 써줄 수 있는 상황이 아니기 때문이다. 그래서 나는 직접 음악을 고르거나 대부분 가까운 지인을 통해 아웃소싱을 한다. 무대 못지않게 쇼 음악이 인구(人口)에 자주 회자된 이유도 여기에 있다.

나는 단순히 박자나 리듬이 살아 있는 음악만을 고집하지 않았다. 아무래도 모델이 워킹을 하기 위해서는 박자나 리듬이 정확한 것이 좋겠지만, 카루소 의상의 독특함만큼이나 음악의 다양화를 꾀하며 남다른 시도를 했다.

그 중 하나가 클래식 음악이었다. 첼리스트 요요 마가 연주한 피아졸라의 탱고음악, 베르디와 푸치니의 유명 오페라 아리아, 심지어 슈베르트의 가곡, 드보르자크의 〈교향곡 9번 '신세계로부터'〉, 스메타나의 교향시 〈나의 조국 중 '몰다우'〉 등 완벽한 정통 클래식 음악으로만 쇼를 꾸민 적도 있다. 사람들은 처음에는 무척 의아해 했지만, 나중에는 그 새로운 쇼 음악에 깊이 매료되어 그 곡이 무엇이냐고 다시 물어오기도 했다.

이 외에도 일본 여가수의 재즈음악, 〈백학〉, 〈기차는 8시에 떠나네〉 등 짠한 느낌의 러시아 가곡 등 내 패션쇼에는 음악의 경계란 없었다.

가끔 뭘 하러 이토록 '유난'을 떨었나 싶기도 하지만, 그것은 그만큼 쇼에 완벽을 기하고 싶었던 내 열정이었다. 어쩌면 남들은 힘들다고 하는 컬렉션을 언제부턴가 나는 즐기면서 하는 게 아닌가 싶다. 패션쇼를 향한 유난스러움은 어쩔 수 없이 앞으로도 계속될 전망이다.

파리컬렉션 당시 디자이너 장 폴 고티에로부터 선물받은 항공용 의상 트렁크.

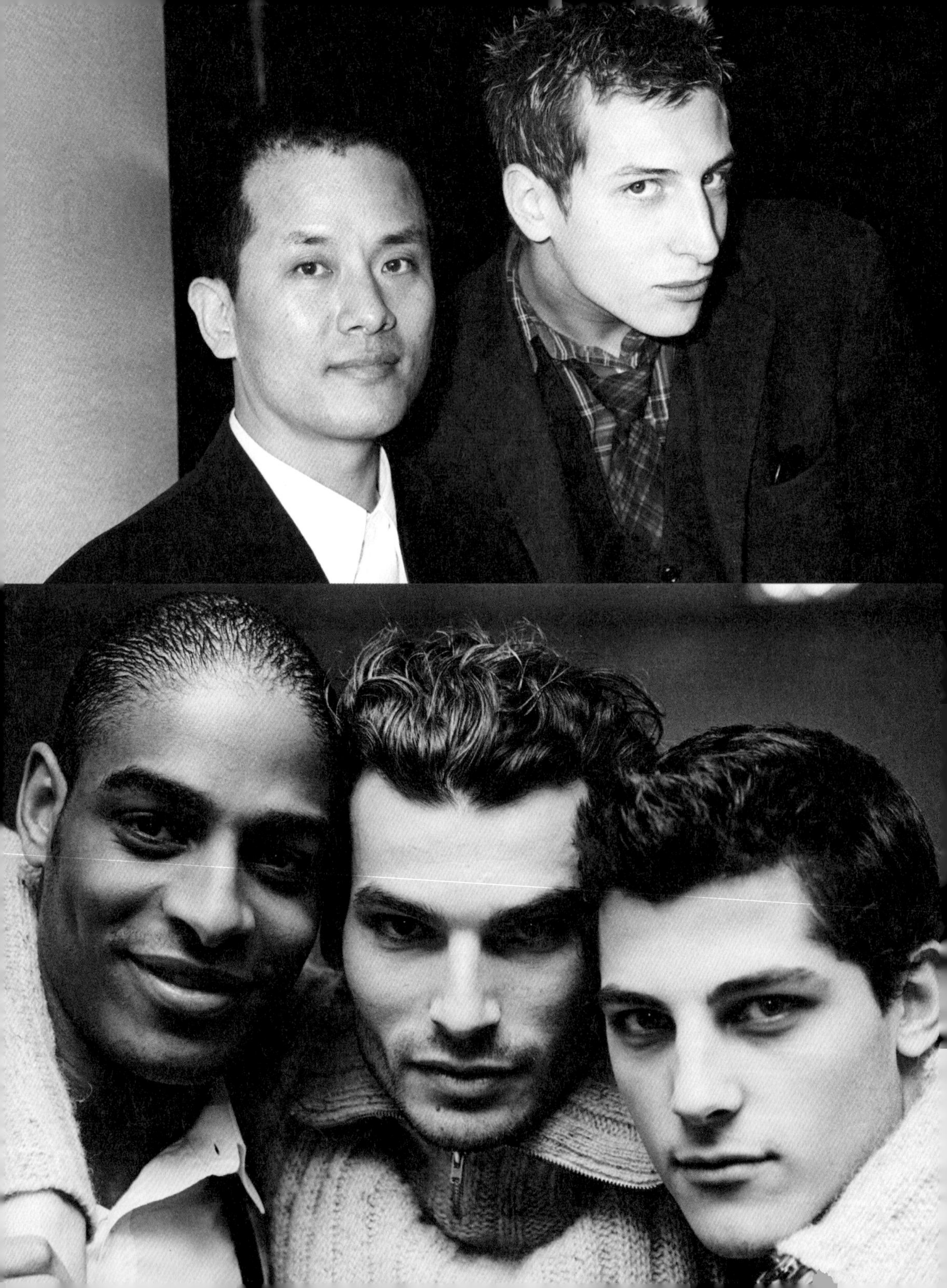

Photo by 권영호

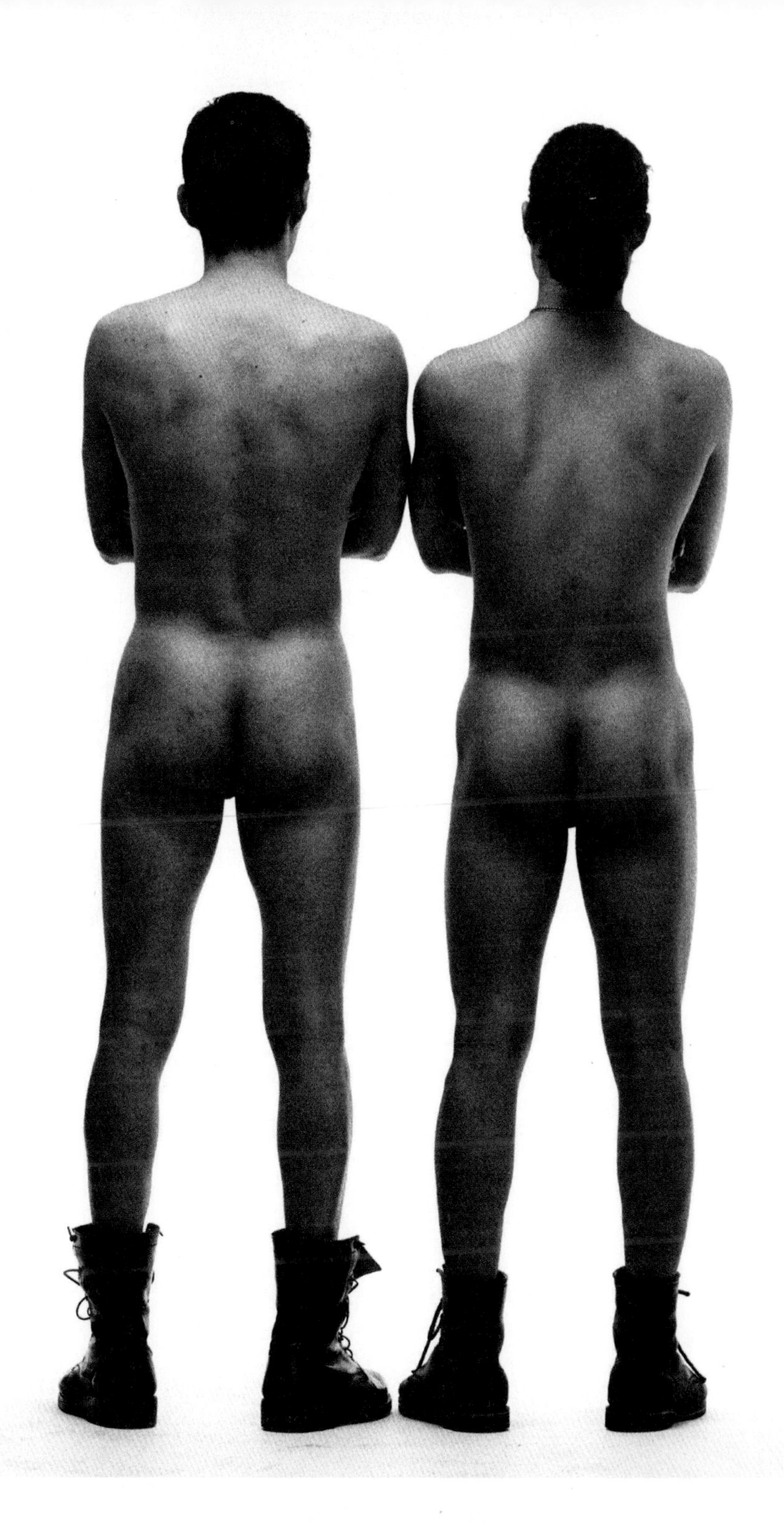

Photo by 권영호

나는
영원한
멀티태스커

나는 여러 가지 일을 동시에 했던 다재다능한 아티스트들을 존경한다. 디자인, 미술, 건축, 패션, 영화…… 다 달라 보이지만 핵심은 같다. 창조, 미 그리고 커뮤니케이션이라는 점에서 말이다.

디자인 이외의 다른 일을 하는 나 자신은 상상조차 안 해봤다. 그 정도로 디자인은 내 유전자에 강하게 새겨져 있다. 디자인이란 떠오르는 대로 한 번에 휙 그리는 게 아니다. 문화적 비평이며, 문화의 형태를 말하는 일이고 사회, 정치, 경제적 삶의 실화 소설이다.

나는 패션을 디자인하는 사람이긴 하지만, 패션을 제외한 다른 것도 '디자인'하는 것을 즐긴다. 특히 인테리어 꾸미는 것을 좋아한다.

2006년, 나는 패션디자이너로서는 처음으로 제12회 서울 리빙 디자인

페어에 초청되어 인테리어 디자인을 선보이기도 했다. 그 당시 나와 함께 조지 나카시마(뉴욕 가구 디자이너), 김윤수(인테리어 디자이너), 도미니크 크린슨(런던 세라믹 디자이너)이 초대되었다. 주최 측은 네 사람에게 각각 방 하나씩을 배당해 주고 그곳을 테마를 정해 꾸며달라고 요구했다. 내게 이 제안이 떨어졌을 때 나는 주저할 것도 없이 '명성황후의 거실'을 떠올렸다.

명성황후가 건재하던 시절, 우리나라는 그야말로 열강들의 각축장이었다. 하지만 고종은 미약했고 우유부단했다. 명성황후는 예의 여장부의 기질을 발휘했고 이런 가운데 국권을 되찾고자 부단히 노력했다. 개화된 나라를 만들겠다고 다짐했다. 그래서 우리나라에서 처음으로 전기가 들어온 곳도 명성황후가 기거하던 건청궁이었다. 똑똑하고 영민하고 카리스마가 넘쳤던 명성황후를 나는 오랫동안 사랑해 왔다.

그래서 퍼뜩 '명성황후의 거실'을 꾸미고 싶다는 생각이 제일 먼저 들었던 것이다. 주제가 정해졌으니 역사적 고증과 상상이 필요했다. 하지만 당시 명성황후의 방을 찍은 사진이 없으니, 내 상상력에 의지하는 수밖에 없었다.

'명성황후의 방은 모르긴 몰라도 우리의 전통적인 것과 서구의 앤티크가 조화를 이루며 꾸며져 있었을 것이다. 아마도 그 시대 최고의 장인의 멋과 트렌디한 유럽 앤티크 장식품으로 방을 꾸몄을 것이다.'

그 당시를 재현할 수 있는 가구를 구하는 것이 급선무였다. 나는 수소문 끝에 새벽

버스를 타고 원주에 산다는 가구 장인을 찾아 나섰다. 그곳에 가서 그 시대의 왕가에서 썼을 법한 굉장히 멋진 자개농을 자비로 구입했다. 굉장히 비쌌지만, 명성황후의 거실을 완벽하게 재현하고 싶은 욕심에 개의치 않고 비싼 가격을 치르고 구입했다. 그 외 자개 테이블, 꽃병, 소파, 병풍 등 아주 디테일한 면들까지 세심하게 신경을 써서 거실을 꾸몄고, 1800년대 말에 유행했던 드레스도 직접 제작해서 마네킹에게 입히고 왕가에서 쓰는 가채도 빌려다 씌웠다. 또한 건천궁에 전기가 들어왔음에 착안하여 은은한 조명도 설치했다.

이런 나의 크나큰 노고로 인해 행사 기간 동안 '명성황후의 거실'은 사람들로부터 큰 인기를 누렸다. 지나고 생각해보니 명성황후에 대한 나의 각별한 애정이 없었다면 정말 불가능했을 일이었다.

서울 리빙 디자인 페어에서 명성황후의 방을 꾸민 지 몇 개월 후, 이번에는 일본 전자회사 소니SONY에서 연락이 왔다.

당시 소니에서는 새롭게 출시된 '브라비아'라는 LCD TV를 홍보하기 위해 이벤트를 마련했다. 그 행사의 이름이 '소니, 여섯 가지 색을 만나다'였고, 그 이벤트에 초대된 사람은 나를 비롯하여 건축가 장순각, 미술감독 고우석, 헤어디자이너 이상일 등 여섯 명이었다. 이번에는 주최 측에서 각각의 사람들에게 색 하나씩을 정해주며 공간을 꾸미도록 요구했다. 그 색은 다름 아닌 최고의 화질을 자랑한다는 브라비아의 프레임 색상이었다. 블랙, 실버, 레드, 화이트, 블루, 브라운으로 내가 부탁받은 색은 레드, 붉은 색이었다. 브라비아 LCD TV가 놓인 붉은 색 방을 꾸미는 것이 내 임무였다.

나는 디자이너로서의 직업과 LCD TV를 연계하여 곰곰이 생각해보았다.

'인류가 태초에 문화를 일굴 때, 가장 큰 발명품은 무엇일까.'

나는 그것을 '옷감'이라고 생각했다. 그래서 옷감 짜는 전통 베틀을 어렵게 수소문해 결국 민속박물관에 가서 구입했다. 그리고는 그 베틀을 방 한가운데 가져다 놓고 거기에 흰색 실을 감았다. 그리고는 그 실로 베틀과 LCD TV를 연결했다. 내가 생각하는 과거의 최고 발명품인 베틀과 첨단의 최고 발명품인 TV가 붉은 색 공간 안에서 하얀 실이라는 매개를 통해 하나로 연결되는 것을 표현했다.

이 작업도 정말 많은 고민과 노력을 통해서 완성되었다. 하지만 이런 경험들을 통해 나는 디자이너로서의 운신의 폭을 넓힐 수 있었다. 또 가끔 옷만 디자인하다 보면 매너리즘에 빠져 지루하고 답답함을 느끼는 경우가 더러 있는데, 이 경험들이 바로 이런 내 마음을 정화해주고 다시 한 번 창조적 아이디어를 수혈해주는 좋은 작용을 해주었다.

여러 가지 일을 동시에 하는 방식은 나에게 잘 맞는다. 나는 영원한 멀티태스커 multitasker다.

Designer's Choice 2006
Contempo Korea

장광효

Chang Kwang Hyo

국민대학교 조형대학 산업미술학과와 홍익대학교 산업미술대학원, 프랑스 FOUNTAIN BLUE 예술학교를 졸업. 1985년부터 2001년에는 경희대, 한성대, 국민대 겸임교수직을 역임했다.

2005년에는 광주 비엔날레 초청 오프닝 컬렉션을 가졌으며, 신세계 E-MART 유니폼 디자인과 공군 1호기(대통령 전용기) 승무원복을 디자인했다.

현재 1987년에 설립한 카루소 대표이며, 매년 2회 SFAA collection에 참가하고 있다.

2006 명성황후의 거실

The living room of 明成皇后

100년 전 대한민국 최고의 트렌드가 다시 살아서 숨을 쉰다. 옛 것은 버리고 고쳐야 할 것이 아니라 이어가야 할 우리 민족의 큰 자산이다.

약 100년 전 우리나라 최고의 트렌드를 엿볼 수 있는 명성황후의 거실. 이곳은 지금의 심미안으로도 아름답다. 아니 오히려 현대의 트렌드를 이끌어 간다. 눈을 현혹시키는 현란함 보다는 가슴 깊은 곳에서부터 올라오는 따스함이 느껴지는 우리의 전통적인 아름다움을 감각적인 화려한 색과 섬세한 앤티크 작품들 여기에 모던한 감각의 터치가 더해져 새로운 명성황후의 거실이 탄생했다.

이번 전시에서는 그 동안 화재와 전쟁 등의 아픈 과거로 인해 우리에게 잊혀져 있었던 황실 문화를 되돌아 살펴보는 것은 물론, 장인이 만들어내는 진정한 명품을 만날 수 있을 것이다.

2006 ‘소니, 여섯 가지 색을 만나다’ 행사 부스

2006 서울 리빙 디자인 페어 장광효의 ‘명성황후의 거실’

남성복 디자이너가 되기로 결심하다

대학 졸업반. 나는 취업이냐 대학원 진학이냐를 놓고 또 한 번의 고민을 할 수밖에 없었다. MBC 문화방송의 무대 디자이너로 학기 중에 이미 합격까지 해놓은 상태여서 더욱 고민스러웠다.

'방송국에 들어가면 사회적 신분이 보장된다. 또 거긴 많은 사람들이 선망하는 곳이기도 하고. 그런데 거기서 내가 할 일은 무대 디자인이지 않은가. 내가 제일 잘하고 흥미 있는 건 의상 디자인인데. 아, 정말 어떻게 하지.'

'꼭 옷이 아니면 어때? 무대나 의상이나 디자인을 하는 건 같은 거잖아. 그리고 내가 대학원을 나와도 의상 디자이너 자리가 턱하니 보장되어 있는 것도 아니잖아. 좋은 회사에서 오라고 할 때 그냥 못 이기는 척하고 가는 거야. 세상천지 자기가 먹고 싶은 거 다 먹고, 자기가 하고 싶은 거 다 하고 사는 사람이 몇 명이나 되겠어. 적정 선에서 타협을 하고 그렇게 사는 거지. 안 그래?'

하루에도 열두 번 바뀌는 생각과 널을 뛰는 마음으로 인해 나는 정말 괴로웠다. 좀처럼 마음을 잡을 수 없었다. 얼마나 고민을 했는지, 그 고민으로 인하여 또 얼마나 불면에 시달렸는지, 숱이 너무나 수북하여 늘 솎아내기 바빴던 머리카락이 어느 순간 눈에 띄게 폭삭 줄어들어 있을 정도였다.

'제기랄! 인생은 어쩜 이다지도 선택과 고민의 연속인지…….'

그러나 역시 나는 어쩔 수 없는 모험가였다. 이왕 패션디자이너가 되기로 한 것 한 번 제대로 공부해서 잘 하고 싶은 욕심이 컸던바, 드디어 나는 그 좋다는 방송국 입사를 마다하고 과감히 대학원 진학으로 결심을 굳혔다. 홍익대 대학원 산업디자인과. 전공은 다름 아닌 '직물'이었다.

대학원에서의 공부는 아주 주효했다. 의상학과에 다니며 패션의 실기를 익혔다면, 대학원에서 직물을 배우며 그야말로 패션의 기본을 익혔다.

우선 직접 베틀로 직물을 짜는 것부터 배웠다. 다양한 씨줄과 날줄을 이용하여 성글게 촘촘하게 직물을 짜본 경험은, 내게 훗날 옷감의 미세한 질감 차이를 감식할 수 있는 능력을 갖게 해주었다. 또 직접 짠 옷감 위에 염색을 하는 염색술도 기본으로 배웠는데, 이것은 또한 훗날 미세한 색감의 차이도 확실하게 구분할 수 있는 심미안을 갖게 해주었다.

대학에서 의상학을 전공하고, 대학원에서 직물전공까지 마친 시점. 이제야말로 취업 전선에 뛰어들어 그간 배운 것들을 발휘할 때가 되었다고 판단했다. 그런데 그때, 또 하나의 욕심이 나의 발목을 잡았다.

내 아무리 대학원까지 나와 패션에 대한 공부를 했다 한들, 그것은 마치 책상 앞에 앉아 글공부만 하여 세상 돌아가는 것에는 아무것도 모르는 '책상물림'의 그것과 진배없다는 생각이 든 것이다. 보다 실제적이고, 보다 현실감 넘치는 현장에서의 실습이 필요하다는 생각이 불현듯 절실해졌다. 물론, 국내에서 취업을 해서 현실감각을 익혀도 전혀 무리는 없었다. 그런데 내 눈높이가 항상 더 높은 곳에 있다는 게 문제였다면 늘 문제였다.

또한 그 실습 현장을 그간 오로지 잡지로만 접하던, 세계 유행을 주도하는 프랑스 '파리'로 정한 것이 화근이었다. 세계적인 패션디자이너가 모여드는 곳, 세상의 모든 트렌드가 양산되는 곳, 그곳에 가고 싶었다. 그리고 꼭 그곳에 가서, 눈으로 직접 그 모든 것들을 확인하고 경험해야만 비로소 내 디자이너로서의 빈약한 감각과 모자란 감성에 건강하게 살이 찌고 화사한 생기가 돌 것만 같았다. 꼭 '그곳'이어야만 가능할 것 같았다. 더 망설이고 더 주저하다가는 시간 낭비일 것만 같았다. 1983년, 모험가 장광효는 파리에서 기차로 40여 분 떨어진 퐁텐블로Fontainebleau 예술학교로 날아갔다.

퐁텐블로. 그곳은 지금도 우리나라 사람들에게는 잘 알려지지 않은, 한

마디로 여유로움과 한가로움이 묻어나는 프랑스의 작은 마을이다. 그렇다고 이곳을 그냥 작은 마을이라고만 생각한다면 큰 오산이다. 퐁텐블로는 과거 프랑스 왕들이 사냥을 즐기던 퐁텐블로 숲을 위시하여 그 주변으로 만들어진 도시로, 프랑스의 카페왕조부터 나폴레옹 3세까지 프랑스 역대 왕조들의 역사가 생생히 살아 숨 쉬고 있는 아주 유서 깊은 곳이다. 게다가 이웃한 도시인 바르비종은 밀레의 생가와 밀레가 작품활동을 하였던 지역으로도 유명하며, 밀레, 루소 등 '바르비종파'가 생길 정도로 수많은 화가들이 살았고 작품활동을 펼친 곳이었다. 그래서인지 내가 익히 보아온 밀레의 그림 속 풍경이 고스란히 그곳에 담겨 있는 것 같았다. 말하자면 퐁텐블로는 '자연'이 곧 '예술'인 그런 곳이었다.

나는 하늘이 보이지 않을 만큼 크고 쭉쭉 뻗은 나무들이 빽빽하게 들어찬 퐁텐블로 숲을 거닐며 조용히 사색에 잠기거나, 그 숲길을 따라 자전거를 타고 밀레의 흔적을 좇아 바르비종으로 넘어가곤 했다. 숲의 나무들은 얼마나 무수한 세월을 견뎠는지 나무 둥치가 어른 두 사람이 에워싸도 남을 정도로 굵었다. 또한 그 숲에는 나이가 지긋한 노인 한 분이 제자들을 데리고 운영하는 미용실이 하나 있었다. 하얀색의 2층으로 된 미용실은, 언제 지어졌는지는 알 수 없었으나 아마도 노인의 아버지, 그 아버지의 아버지로 한참을 거슬러 가야 할 만큼 오래된 것처럼 보였다. 그 큰 숲속의 유일한 건물이었다. 자전거를 타고 지나가다 머리를 자르러 가끔 그곳을 들렀다. 손님이 많은 날에는 건물 1층에 앉아 커피를 마시며 내 차례를 기다렸다. 숲에서 불어오는 선선한 바람에 하늘거리던 분홍색 커튼, 낡은 탁자에 놓인 앤티크 촛대, 창밖에는 포물선을 그리며 날아오르는 참새 등 그야말로 프랑스 고전의 시골 장면과도 같은 그 아름다운 곳에서 나는, 내 모든 오감을 활짝 열어놓고 마음껏 그것들을 흡수했다.

온고이지신(溫故而知新)이라 하여, 옛 것을 익히고 그것을 미루어서 새 것을 안다고 했다. 나는 퐁텐블로에서 바로 이것을 몸으로 실천하고 있었다. 물론, 새 것을 익히기도 게을리 할 수 없어 나는 자주 기차를 타고 파리 시내로 향했다.

1983년의 프랑스 파리. 그곳은 정말 별천지였고, 문화 충격의 생생한 현장이었다. 특히 한창 개발 중이던 레알 지구의 퐁피두문화예술센터 건물은 나를 경악하게 만들었다. 파이프와 철골을 그대로 드러낸 퐁피두의 외관은 마치 큰 군함이, 해체된 대형 군함이 도시 한복판에 침몰해 있는 것 같았다. 서울에서 늘 똑같고 단조로운 형태의 건물만을 보아오던 나에게 퐁피두의 모습은 충격 그 자체였다. 그리고 그 안은 또 첨단 메커니즘의 총체였다. 건물을 보며 경이로움을 느낀 건 아마 그때가 처음이었을 것이다.

지금은 너도나도 배낭을 메고 파리를 마치 제 집 드나들 듯 아무렇지 않게 다니지만, 내가 파리로 갈 때만 해도 그렇지 못했다. 해외여행 자유화 전이었음은 물론이고, 파리로 가는 직항기도 없었다. 미국을 거쳐 돌고 돌아 무려 24시간이 넘게 비행기를 타야만 도착할 수 있는, 그런 먼 곳이었다. 그렇게 어렵고 힘들게 도착한 곳, 또한 아무나 쉽게 올 수 없는 곳인 만큼, 나는 이곳의 많은 좋은 것들을 온전히 가슴에 담아가고 싶었다. 무엇보다 이곳의 첨단을 걷고 있는 세련된 패션을 담고 싶어 나는 늘 조바심이 났었다.

퐁텐블로에서 수업이 없는 날이면 파리행 기차에 몸을 싣는 것이 내 중요한 일과 중 하나였다. 그리고 샹젤리제 거리, 몽마르트 언덕, 소르본대학, 내가 제일 좋아했던 퐁피두센터 근처 등 젊은 파리지앵들을 가장 많이 볼 수 있는 곳을 하릴없이 거닐었다. 가끔은 그곳의 자유로운 젊은이들처럼 홀로 노천카페에 앉아 에스프레소 한 잔을 마시며 사람 구경을 즐겼다. 하지만 그것은 단순한 눈요기에 그치는 것이 아니라, 내게는 일종의 현장 공부였다. 첨단을 걷는, 유행을 주도하는 파리 멋쟁이를 사수하는 그런 현장!

그곳에서 내가 이상적으로 생각하는 스트리트 모델을 마주치는 날에는, 아주 제대로 공부를 했다는 생각이 들어 월척을 낚은 어부처럼 마구 흥분하며 좋아했다. 물론 그의 패션이나 스타일을 잊지 않기 위해 꼼꼼하게 스케치했다. 누구나 쉽게 디지털 카메라를 살 수 있는 지금은 바로 사진으로 포착하면 일도 아니겠지만, 그때가 어디 그런가!

이런 현장 공부를 여러 차례 하다가, 나는 문득 이상한 점을 발견했다.

'세상에! 내가 멋쟁이라고 생각했던 파리지앵 중 단 한 명도, 소위 말하는 명품으로 치장한 사람이 없다니! 이 명품 천국인 나라에서, 이건 좀 말이 안 되잖아.'

그랬다. 샤넬, 루이비통, 구찌 같은 고가의 명품으로 온몸을 치장하고 거리를 활보

하는 사람은 전혀 없었다. 심지어 내가 스케치한 파리지앵 중에는 짙은 화장을 한 사람조차도 없었다. 패션을 창조한다는 패션의 일 번지 파리에서, 내가 한국에서 상상한 명품 멋쟁이는 없다는 것이 이상했다. 또 궁금했다. 어떤 멋도 부리지 않음에도 불구하고 파리지앵들이 멋있어 보인 이유가 도대체 궁금해서 견딜 수 없었다.

'정작 멋을 부리지 않는데 멋이 나는 이유는 뭘까.'

또다시 파리로 가는 기차 안에서 나는 생각에 잠겼다. 그리고 이제 좀 다른 시선으로 그들의 멋을 연구할 필요가 있었다.

파리 시내를 가르며 유유히 흐르는 센 강을 따라 걷다가 뤽상부르 공원으로 들어갔다. 며칠 동안 먹구름으로 잔득 찡그렸던 파리 하늘이 오랜만에 화창하고 뽀얀 얼굴을 드러낸 날이었다. 그 때문인지 쨍한 날씨에 일광욕을 즐기려 공원에 모여든 파리지앵들. 나도 공원 한편에 마련된 일광욕 의자에 누워, 편안한 차림이지만 멋스러운 자들의 비밀을 캐오라는 지령을 받은 스파이처럼 진지하게 그들을 관찰했다. 그런 오랜 관찰 끝에 마침내 파리지앵의 멋의 비밀을 알아냈다. 멋스러움의 비밀은 다름 아닌 '스타일'이었다. 살아 있는, 생기 넘치는 바로 그 '스타일'에 있었다.

원래 '유행'이라는 것은 한 나라의 기본적인 문화나 매너, 취향이 하나의 세련된 스타일로 드러나, 그것이 다른 사람들이 동조를 얻을 때 비로소 '유행'이 되는 것이다. 명품이라고 하면 환장을 하고, 남들이 좋다고 하면 앞뒤 안 가리고 무조건 좋다고 덤비는 사람들 때문에 하나의 유행이 창출되는 우리나라와는 사뭇 다른 파리의 남다른 유행을 바라보면서, 나는 많은 생각이 들었다.

'패션은 그저 하나의 동떨어진 개체로 존재하는 것이 아니다. 그것은 커다란 문화 안에 담긴 많은 의미를 옷이라는 매개를 통하여 표출해내는 것이구나.'

길다면 길고 짧다면 짧은 기간을 프랑스에서 머물면서 내가 얻은 것은 바로 이것이었다. 이런 깨달음은 또 비싸고 좋은 제품만 걸치면 바로 멋쟁이가 되는 것이라 생각하는 '멋'에 대한 우리나라 사람들의 잘못된 인식도 바꿔주고 싶은 사명감을 낳았다. 특히 '스타일'이라고는 약에 쓰려도 없는 고루한 한국 남자들에게 내 나름의 이상적인 '스타일'을 제시해주고 싶었다.

'어둡고 칙칙한 양복에 스포츠용 하얀 면양말을 신고 회사에 출근하는 한국의 샐러리맨들에게 진정한 멋이란, 스타일이란 무엇인지 가르쳐줘야겠어. 한국에 돌아가면 남성복을 만들자.'

이렇게 나는 남성복 디자이너가 되기로 결심했다. 결국 프랑스에서의 생활은 내게 큰 전환점을 마련해주었다. 그곳은 내 감성을 보다 촉촉하게 적셔주었고, 내 감각을 보다 말랑말랑하게 만들어주었고, 내 영감에 빛나는 아이디어를 마구 샘솟게 해주었다. 그리고 무엇보다, 내가 무슨 옷을 만드는 디자이너가 되어야 할지 확고한 신념을 심어주었다.

Photo by 권영호

(그는 우리나라 젊은이들의 패션감각에 대해 '만족스럽다' 고 거듭 말한다)
"5년 전만 해도 잡지 인터뷰나 패션강좌에 나

사실이지만 부도설은 터무니없다

디자이너들이 세계 무대의
만족할 것이 아니라 그
그들로 하여금 하루빨리
해주어야 한다는 것이
생각이다.
그가 남성복 디자
로 출발한 것은
3년, 국민대 장식
를 졸업하고
직물디자인으로

천연섬유보다는 번쩍거리는 화학섬유, 금속이 함유된 광택섬유로 표현하는 섹시룩이 그가 가장 좋아하는 이미지요, 그것이 〈카루소〉 붐의 아이템이 된 것도 우연한 일은 아니다.
과거엔 가수 조용필에서부터

파리컬렉션 당시 내 무대에 섰던 톱모델 마크 반데루, 카메론과 함께

1994년 파리 진출 당시의 프로필 사진

'08 S/S SFAA COLLECTION
LOTTE
HANG 
WANG

카루소,
마침내
국내
최초
남성복
시대가
열리다

워커홀릭으로 살아온 4년 여. 내 아무리 열정을 갖고 새로운 아이디어를 갖고 디자인을 한다고 해도, 아무래도 기성복을 만들다 보니 디자인적인 면에서 결정적 한계가 있었다. 디자이너가 자신만의 독특한 아이디어를 가지고 마음대로 개성을 표현할 수가 없었다. 또한 일반 대중을 주 타깃으로 삼다 보니 회사는 보다 일반적이고 무난한 스타일의 디자인을 요구하는 게 당연했다.

그나마 나는 기성복 중에서도 나름대로 좀 파격적인 디자인을 시도할 수 있게 회사가 배려해주었다. 진하고 강한 색상에 특이한 단추 등 처음 보면 좀 부담스러워할 수 있는 이색적인 디자인. 그래서 일반 사람들은 선뜻 입기 주저하는 옷으로. 잘 팔리는 아이템은 아니었지만, 개성을 뽐

내고 싶은 학생이나 멋 좀 부린다는 사람들 사이에서는 제법 인기가 있었다. 그래도 나는 정말 내 개성을 마음껏 표현할 수 있고, 장광효만의 독특함이 살아 있는 그런 디자인을 하고 싶은 욕심이 생겼다.

'4년 정도 회사 디자이너로 경험도 쌓았겠다, 이제야말로 내가 진짜 추구하는 디자인을 할 때가 왔다. 내 사업을 시작해보자.'

논노 디자인실에서 수석디자이너까지 역임하고 과감히 퇴사를 결정했을 때, 뜻밖에 회사도 부도가 났다. 결과적으로 자연스럽게 회사를 나올 수 있었다.

근 한 달간은 백수 아닌 백수로 지냈다. 내 브랜드를 만들고, 매장을 열기 위한 치밀한 계획을 세우느라 정신이 없었다. 그 많은 준비 가운데 무엇보다 급선무는 브랜드의 이름을 짓는 것. 고급스러운 남성복을 상징할 수 있는 이름이 쉽게 떠오르지 않아 몇 날 며칠을 불면의 밤을 보냈다. 그런 주말, 지역에서 성악과 교수로 있는 아내가 서울로 왔다. 아내는 여전히 브랜드 이름을 짓지 못해 고심하는 나를 보고는 넌지시 한마디를 던졌다.

"여보, '카루소'란 이름은 어때요?"

"응? 카루소? 카루소라……. 느낌은 나쁘지 않은데, 근데 그게 무슨 뜻인데……?"

나쁘지 않다는 내 말에 용기가 났는지 아내는 좀 힘이 들어간 목소리로 대답했다.

"뭐 특별한 뜻은 없고, 그냥 사람 이름이에요. 전설 속의 거장으로 불리는 엔리코 카루소(Enrico Caruso)라고 이탈리아 출신의 명 테너의 이름이에요."

순간, 나는 바로 이거다 싶어 무릎을 탁 쳤다.

'카루소'. 딱 발음하기 좋은 3음절에, 또한 불세출의 명가수 이름이라니! 만약 내 옷도 '카루소'라는 이름을 달면, 불세출의 명가수 카루소의 노래처럼 오래도록 사람들에게 기억되는 명품이 될 것이란 생각이 퍼뜩 뇌리를 스쳤다. 좋은 예감이 들었다. 현명한 아내를 둔 덕을 사업 시작부터 보기 시작했다. 그때부터 나는 '장광효 카루소'로 불리게 되었다.

카루소라는 멋진 이름도 지었으니, 망설일 것 없이 작은 매장 하나를 계약했다. 건물의 위치는 당시 한창 개발되며 떠오르고 있던 압구정동 갤러리아 백화점 사거리의 로데오 거리 큰길가. 지금으로부터 꼭 20년 전인 1987년, 서른두 살의 나는 내 이름을 걸고 사업을 시작한 것이다. 바로 조심스러운 남성복 시대의 태동이었다.

사람들은 누구나 빨리 유명해지고 빨리 돈을 벌고 빨리 성공을 하려 한다. 그러나 밥을 할 때도 뜸 들이는 시간이 필요하듯이, 무슨 일을 이루기 위해서는 일정한 과정이 필요하다. 단지 좋아하는 일을 하며 시간을 보냈다고 해서 모두 유명해지고 전부 돈이 생기는 건 절대 아니다. 사업을 시작한 내게도 뜸 들이는 시간이 필요했다.

그런데 막상 사업을 시작했는데, 남성복 분야에 선배가 없었다. 그러니 남성복 사업을 진행한 선례도 찾아볼 수 없음은 당연지사! 여성복 사업이었다면 이미 그 분야에 선배들이 많아서 그들의 이야기를 듣고 참고할 것을 많이 얻어 쉽게 사업을 풀어나갈 수 있었을 터. 모험가 장광효가 불모지와 다를 바 없는 남성복 시장에 뛰어든 것은 누가 봐도 무모한 도전처럼 보였다.

언제나 처음은 다 어렵다. 하지만 온갖 시행착오를 겪어내며 끝내 어렵게 그 물꼬를 튼 사람에게는 그동안의 고생에 상응하는 보상이 분명 따른다. 이것이 세상의 자명한 이치다. 나는 이 이치를 믿었고, 그래서 좀더 호기롭게 사업을 진행해나갔다.

처음에 나는 패턴사 한 명, 재봉사 두 명, 또 갓 대학을 졸업한 디자이너 보조 한 명을 고용하여 작은 규모로 시작을 했다. 매장 직원을 따로 두지 않았고, 청소부도 따로 없었기 때문에 이 모든 것은 내가 다 도맡아했다. 아침 8시에 출근하면 문을 열고 청소부터 했다. 그리고 밤새도록 만들고 생각한 디자인 패턴을 직원들에게 넘겨주며 그들이 일을 할 수 있게끔 조치했다. 오후에는 원단이나 각종 부자재 구입을 위해 직접 도매상을 찾아다녔고, 매장에 손님이 찾아오면 일일이 상담하고 직접 판매를 했다. 그렇게 하여 벌어들인 첫 달 수입은 6백40만 원이었다.

나는 계속 밤잠을 설치며 디자인을 구상했고, '압구정동 남성복 맞춤집 장광효'라고 내 소개를 하고 다니며 내 브랜드를 알렸다. 그리고 폭풍전야의 그 숨죽이는 고요처럼, 무언가 큰일이 벌어질 듯 반응이 오기 시작했다. 내가 생각한 시간보다 훨씬 빨리 긍정적인 반응들이 내 매장 문을 두드렸다.

조용필부터
소방차,
서태지까지
한 시대를
풍미하다

장광효 카루소가 태어난 바로 그 해 1987년, 젊은 꽃미남 남자 셋으로 구성된 '소방차'라는 그룹이 탄생했다. 노래면 노래, 춤이면 춤, 게다가 잘생긴 얼굴까지 삼박자를 고루 겸비한 소방차는 데뷔하자마자 단조롭던 우리 가요계를 발칵 뒤집어 놓고도 남을 만큼 그 인기가 하늘을 찔렀다. 그런데 그들과 더불어 또 하나, 가요계는 물론 TV를 시청하는 많은 사람들을 놀라게 한 것이 있었는데, 그것은 소방차가 입고 나온 의상이었다. 단순하고 밋밋한 다른 가수들의 양복 의상과는 달리, '승마바지'를 입고 나온 소방차. 누가 봐도 파격이었을 것이다. 바로 내 작품이었다.

나는 카루소 브랜드를 통해 당시 무채색 일색이던 한국 남성들의 의상에 밝은 컬러와 새로운 디테일, 유럽스타일의 색다른 슈트 라인을 선보이며 한국 남성 패션의 역사를 다시 쓰고 싶었다. 그런 찰나, 마침 신인 댄스 그룹인 소방차가 데뷔를 준비하고 있었고, 우연히 그쪽 관계자와 인연이 닿았다.

"소방차는 댄스 그룹입니다. 일단은 춤을 추기 편한 의상이면 좋겠고, 또 의상을 통해 신인의 신선한 멋도 풍길 수 있다면 더 좋겠어요."

소방차의 데뷔를 앞두고 나에게 의상을 상의하러 온 관계자의 주문이었다.

'춤을 추는 데 불편하지 않으려면 먼저 바지 하단이 넓은 것보다는 좁은 게 더 편하겠지. 바짓단이 넓어서 나풀거리면 춤추는 데 아무래도 방해가 될 테니까 말야. 그런데 바짓단을 좁게만 만들다 보면 전체적으로 너무 갑갑해 보일 수도 있을 텐데…….'

그 순간 불현듯 퐁텐블로에서 본 '승마바지'가 떠올랐다. 승마의 도시로 유명했던 퐁텐블로는 많은 승마 연습장을 갖추고 있었다. 특히 내가 자주 산책을 다니던 퐁텐블로 숲속에도 아주 넓은 승마 연습장이 있었다. 그래서 나는 숲을 산책하며 승마복을 입고 말을 타는 사람들과 자연스럽게 마주치곤 했었다. 바로 그 승마바지가 딱 떠올랐던 것이다.

'그렇구나! 바지를 승마바지로 만들면 되겠구나. 승마바지는 하단은 좁으니까 춤추는 데 절대 지장이 없을 테고, 또 바지 상단은 풍성하니 왠지 편안해 보이기도 하고. 게다가 지금껏 이런 스타일의 바지를 입고 나온 가수는 없었으니 신인 댄스 가수의 신선한 멋도 동시에 나타낼 수 있을 것이고. 승마바지야말로 소방차의 이

미지와 딱 맞아떨어지잖아. 이거 정말 대히트를 치겠는걸!'
내 예감은 적중했다. 가요계에 혜성처럼 등장한 그들처럼 내 의상도 그들의 붐을 타고 널리널리 알려지게 되었다. 승마바지는 대히트를 쳤고, 하루에 100벌도 넘는 옷이 팔려 나갔다. 모든 유행 상품이 그러하듯 동대문에서 짝퉁 승마바지가 만들어졌고, 어린이부터 어른까지 너도나도 승마바지를 입고 다닐 정도였다. 퐁텐블로에서 평범하게 접하던 승마바지가 시간이 지난 후 한국에서 '생활의 발견'이 될 줄 누가 상상이나 했을까. 내게는 정말 크나큰 행운이었다.
그 후로 계속 나는 소방차의 의상을 전담했고, 나의 새롭고 특이한 의상들은 만들어지는 족족 소방차에게 입혀져 공중파를 통해 전국으로 알려지게 되었다. 물론 곧이어 다른 가수들에게도 영향을 끼쳐 국민가수 조용필을 비롯하여 코미디언 임하룡 등 내 옷을 찾는 연예인들이 줄줄이 늘어났다. 그리고 한 시절을 풍미했던 승마바지가 차츰 사라져갈 무렵, 1992년 '서태지와 아이들'이라는 새로운 댄스 그룹이 벼락처럼 떨어졌고, 나는 서태지의 미소년 같은 이미지를 살려 귀여운 느낌의 유니섹스 룩을 선보이며 또 한 번의 대히트를 기록했다.
이렇듯 방송을 통해 인기인이 내 옷을 입고 나와 춤을 추고 노래를 하다 보니, 방송국으로 옷에 대한 문의가 쇄도했다.
"도대체 누구의 브랜드입니까?"
"장광효 카루소 매장은 어디 있어요?"
이런 문의가 그 주류를 이뤘다. 방송 덕분에 매장을 찾는 일반 고객도 나날이 늘어갔다. 언제나 매장 안은 맞춤 손님들로 북적거렸다. 가봉실이 따로 있었고, 대기실이 따로 마련되어 있었지만 그 공간마저도 모자라 매장 문 바깥은 옷을 맞추기 위해 긴 줄을 서서 차례를 기다리는 사람들로 진풍경을 이루기도 했다. 압구정동 매장 하나만으로는 도저히 넘치는 수요를 따라가지 못할 것 같아 이곳저곳에 매장을 늘려가기 시작했다. 카루소를 연 지 3년도 채 안 되어 대리점을 포함하여 백화점 입점 매장까지 무려 서른 개 이상의 매장이 생겨났다. 백화점에서도 내 옷이 제일 잘 팔려나가 숍마스터들은 서로 자기 매장에 옷을 더 달라고 내 앞에서 울고불고 아우성도 아니었다.

밤새 공장을 가동시키고 아무리 옷을 만들어내도 늘 물량이 달렸다. 그렇게 하루하루 정신없이 일을 진행하다 보니 몇 백 벌의 옷 가운데 가끔 옷 몇 벌씩이 사고가 나는 경우도 벌어졌다. 한번은 그것을 진작 발견 못한 직원이 소매의 좌우가 바뀐 옷을 매장에 턱 걸어놓았다. 그런데 매장을 찾은 어떤 손님이 유독 그 잘못 달린 소매의 옷을 집어들며 무척 상기된 얼굴로 같이 온 친구를 향해 말했다.

"역시 장광효 카루소야. 뭐가 달라도 달라. 이 소매 좀 봐. 아방가르드한 느낌이 물씬 풍기잖아."

"이야, 정말 그러네. 너 이거 사라, 사."

직원은 그 옷은 잘못 만들어진 옷이라고 말할 수 없었다. 손님이 이미 그 옷에 너무 의미를 부여했고 무척이나 마음에 들어하는 모습을 보고 나니 차마 그 말이 입에서 떨어지지 않았던 것이다. 카루소 옷이라면 무조건 좋아하다 보니 생긴 웃지 못할 에피소드였다.

잘못 만든 옷도 예술적 의미가 부여되어 팔려나가는 마당이었다. 강남 소재 고등학교의 졸업식장에는 장광효 카루소 브랜드의 양복을 입고 졸업하지 않으면 사는 집 자식이 아니라는 불문율이 생겨날 정도였다. 명품으로 제일 유명한 갤러리아 백화점에서도 매장 중 판매 1위는 카루소 매장이었다.

하루에 벌어들이는 돈이 얼마인지 가늠하기 힘들 정도로 매상을 올렸다. 하루 동안 압구정동 매장에서만 벌어들인 돈이 큰 부대로 몇 자루가 넘을 정도였고, 밤이 새도록 돈을 세더라도 다 못 셀 만큼 현찰이 넘쳤다. 창업 첫 달 매출 6백40만 원은 일이 년 사이 연간 30억 원으로 불어났다.

인기 연예인을 비롯하여 대기업 간부, 심지어 일반 샐러리맨들조차 한 푼 두 푼 절약한 돈으로 내 옷을 사 입었다. 일반 남학생들도 내 옷을 입어보는 것이 꿈이자 로망이었고 졸업 선물로도 제일 선호했다. 카루소 마니아가 자연스럽게 형성되었다. 의심할 여지도 없이 내 옷은 절대 전성기를 구가하며 남성복 시대를 화려하게 열어가고 있었다. 우리나라 최고의 가수 조용필도 그 중 한 명이었다.

"네? 진짜 가수 조용필 씨라고요?"

나는 놀란 마음을 진정시키고 태연한 척 되물었다.

"네. 조용필입니다. 디자이너 장광효 씨의 옷을 한 벌 입고 싶은데, 언제 찾아뵈면 될까요."

그의 목소리에서는 우리나라 최고의 인기 가수라고는 믿어지지 않을 만큼 겸손함이 배어 나왔다. 그리고 얼마 후 그가 매장으로 찾아왔다. 줄을 서서 가봉을 기다리던 많은 고객 중 그도 나의 소중한 한 사람의 고객이 되는 순간이었다.

우리나라 최고의 국민가수 조용필의 방문으로 나는 더욱 으쓱한 기분이 들었다. 카루소는 '최고'라는 사람들이 입는 옷이란 이미지를 얻었다. 더 이상 뭘 바라겠는가. 그런데 그때 내 옷이 국내 남성복 시장에서만 최고가 아니라, 해외에서도 먹힌다는 것을 알게 한 사건이 터졌다. 내 옷의 명성이 바다 건너 일본까지 소문이 난 모양이었다.

당시 일본 최고의 엔카 가수로 이름을 떨치던 미카와라는 가수가 내 옷을 구입하기 위해 직접 비행기를 타고 매장을 찾아왔다. 매니저 등 일행 다섯을 대동하고 나타난 미카와는 중년의 남자지만, 여자보다 예쁜 모습을 하고 있었다. 그는 당시 국내는 물론 일본에서도 유명했던 가수 조용필이 입은 옷을 보고 내 옷을 알게 되었다고 하면서, 옷에 대한 칭찬을 늘어놓기 시작했다. 그리고는 매장에 있는 옷을 몽땅 구입했다. 자신도 입고, 친구나 지인들에게 선물하고 싶다며 매장이 텅 빌 정도로 옷을 싹 쓸어버렸다. 그 후로 그는 5~6년간 카루소 매장을 꾸준히 방문했고 그때마다 매장을 초토화시키며 옷을 사갔다. 내가 일본을 방문했을 때에는 자신의 집으로 나를 직접 초대하여 융숭한 대접도 해주었다.

'패션에 있어 우리나라보다 훨씬 앞선 일본에서, 그것도 일본 최고의 가수가 내 옷을 사기 위해 나를 찾아온 것. 이것은 내 옷이 국내에서만 선풍적인 인기를 누리는 데 그치는 것이 아니라 세계 시장에 내놓아도 손색이 없다는 뜻이 아닐까. 자신감을 가지고 더 높은 곳으로 도전해보자.'
나는 거칠 것이 없었고, 해외 진출에 대한 열망도 조금씩 뜨거워지기 시작했다.

파리컬렉션,
자기
파괴의
과정

앞서 말했듯, 나는 남다른 시도를 즐기는 사람이다. 새로운 것을 얻기 위해서는 기존의 것을 버리는, 즉 자기 파괴 과정이 있어야 한다. 기존에 이룩한 성과에 안주하다 보면 새로운 도전은 멀어질 수밖에 없다.

굳이 파리컬렉션을 한 것도 나에게는 일종의 자기 파괴 과정이었다. 현실에 머무르면 미래는 없다. 그것이 자기 파괴이자 자기 혁신이다. 창조적 파괴는 개인의 삶과 조직에 모두 통하는 진리이다.

두 갈래의 길이 있었지. 그리고 나는, 나는 사람들이 덜 다닌 길을 택했고, 그것이 내 모든 것을 바꾸어놓았네.

로버트 프로스트의 유명한 시구절이다. 늘, 항상, 언제나, 이 구절을 새기며 선택의 기로에 설 때마다 남과 다른 선택을 했던 나였다. 그리하여 프로스트의 말대로 그 다른 선택이 내 모든 것을 바꾸어놓았다. 불모지였던 남성복 세계를 혼자 개척하고 노력한 대가로 나에게는 부와 명예가 주어졌다. 나는 명실상부한 30대 중반의 성공한 디자이너임에 분명했다. 하지만 어떤 경쟁 상대도 없어 그야말로 탄탄대로를 무한 독주하는 기분은, 나를 자꾸 갈증 나게 했다. 나는 목이 말랐다. 아무래도 더 넓고 큰 무대로 내 역량을, 내 운신의 폭을 넓혀야 할 것 같았다.

'프랑스 파리! 세계적인 무대로 가자. 파리로 가자!'

국내 최초로 남성복 시대를 화려하게 열고 난 후, 나는 파리 남성복 컬렉션에도 국내 최초로 진출하는 기록을 남겼다. 파리 남성복 컬렉션에는 모두 여섯 번을 참가했지만, 그 여섯 번의 무대 중 어느 무대도 빼놓을 수 없을 만큼 다 소중하고 기억에 남는다. 그러나 자식도 첫 자식에게 준 첫 정은 더 애틋하다고 하지 않던가. 이런 이치로 내게도 첫 컬렉션의 감흥은 아무래도 더 짙을 수밖에 없다.

파리컬렉션, 그 꿈같은 무대는 서는 조건부터가 녹록하지 않았다. 파리는 돈만 있다고 해서 설 수 있는 그런 쉬운 무대가 절대 아니다. 물론 참가하는 데도 억 단위의 돈이 들기 때문에 재력이 받쳐줘야 하는 건 당연하고, 일단은 무대에 설 수 있는 실력을 갖추고 있어야 한다. 그 실력이란 것도 국내에서 뛰어나다고 해서 인정되는 것이 아니고, 파리 의상 조합에서 인정해야만 명실공히 실력으로 인정받는

다. 또한 그 실력을 증명하기 위한 그간의 학력이나 경력, 작품 사진 등의 자료도 본인이 직접 파리 의상 조합에 보낼 수 있는 시스템이 아니다. 프레스라고 하는 일명 파리 홍보 대행사를 통해야 그쪽에 전달되는 등 복잡하고 번거로운 과정을 거쳐야만 가능해진다.

'그냥 파리 의상 조합에서 직접 받아줄 것이지. 뭐 하러 저렇게 통하고 통해서 전달을 하는지. 참 한심한 시스템이군.'

나는 홍보 대행사를 통해 소개서를 보내놓고 제법 툴툴거렸다. 하지만 나중에 알게 된 사실이지만, 이런 한심한(?) 시스템으로 일을 진행하는 것은 결국 파리 시민의 일자리 창출을 위한 것이었다. 만약 이 한심한 시스템을 통하지 않고 직접 파리 의상 조합과 연결된다면 중간 프레스의 일자리는 없어진다. 그래서 외국인 디자이너는 무조건 프레스를 통해야만 파리 의상 조합과 닿을 수 있는 시스템을 만들어놓은 것이다.

어쨌든, 프레스를 통해 디자이너로서 나의 활동 사항을 낱낱이 적어 보내놓고 기다린 지 3~4개월 만에 연락이 왔다. 파리 의상 조합 정식 회원이 되었다는 통보였다. 꿈의 무대에 설 수 있는 자격을 얻었다. 꿈이 이루어졌다. 한국 디자이너로서는 처음, 파리 남성복 컬렉션에 진출하게 된 것이다.

'정말 가는구나. 기어이 가게 되는구나. 디자이너 장광효! 카루소 장광효! 드디어 세계를 향해 비상하는구나.'

파리로 가는 직항기 안에서 좀처럼 설레는 마음을 숨길 수 없었다.

딱 10년 전, 디자이너를 향한 막연한 꿈을 안고 파리행 비행기에 올랐던 순간이 생각났다. 그때는 이렇게 편히 직항기를 타고 갈 수도 없었고, 미국 알래스카를 거치고, 러시아 모스크바를 거치고 거쳐야 도착이 가능한 곳이었다. 이코노믹 클래스 그 좁디좁은 좌석에 몸을 움츠리고 꼬박 하루를 견디며 고생해야 도착할 수 있는 '파리'였다.

그리고 10년 후 한국에서 최고의 디자이너가 된 내가, 파리 무대에서 인정을 받으며 다시 파리행에 몸을 싣고 있었다. 좁고 불편한 이코노믹 클래스가 아닌, 넓고 안락한 비즈니스 클래스에 앉아 스튜어디스가 정성껏 준비해 준 기내식을 즐기며 12시간이면 닿을 수 있는 파리로 가고 있었다.

'천군만마를 거느린 든든함은 이런 기분 아닐까. 전쟁터에서 고군분투하여 마침내 승리한 개선장군의 심정이 이런 것 아닐까.'

12시간의 비행기 안에서 나는 세상천지 부러울 자가 없었다.

파리 샤를 드골 공항에 내려 곧바로 호텔로 달려가 짐을 푼 후, 현지 프레스의 도움을 받아 내 패션쇼가 치러질 장소로 향했다. 프랑스 백작의 고택으로.

파리컬렉션은 장소의 다양화를 꾀하고 있었다. 파리는 우리나라처럼 모든 디자이너들이 한 장소에서, 획일적인 무대에서 일괄적으로 쇼를 개최하는 것이 아니라, 아주 다양한 장소에서 디자이너의 개성을 최대한 살릴 수 있도록 무대까지 배려했다. 보통은 일반 갤러리에서 많이 하지만, 프랑스 백작의 고택이나 오래된 성, 루브르 박물관 안에 있는 까루젤 루브르(Le Carrousel du Louver) 등에서도 쇼가 많이 열렸다. 또 일반 체육관이나 농구 코트에서도 쇼 무대가 만들어졌고, 심지어 시장의 생선 가게에서도 쇼가 열리곤 했다. 내가 처음 파리컬렉션에 참가했던 때, 일본의 유명 디자이너 꼼 데 가르송이 바로 생선 가게에서 패션쇼를 열었다. 쇼가 열리기 전날까지 생선을 팔던 가게는 밤새 물청소를 하는 등 쇼를 할 수 있는 제반시설을 갖추고 다음 날 이색적인 패션쇼를 펼친 것이다. 비릿한 생선 냄새가 여전했지만, 그게 또 그 쇼의 매력처럼 느껴졌다.

파리 의상 조합의 힘이 얼마나 대단하면 이런 곳에서까지 쇼를 할 수 있도록 배려하나 싶을 것이다. 그것은 파리 의상 조합의 힘보다는 디자인을 몹시 사랑하는 파리 사람들의 파리컬렉션에 대한 자부심과 애정 때문에 가능한 것이라고 생각한다.

대통령 이름은 몰라도 유명한 디자이너는 이름은 물론이고 각종 신상명세, 또 디자인의 특징까지도 좔좔 외고 있다. 내가 퐁텐블로에서 공부하던 시절, 기차를 타고 파리로 나가다 우연히 만난 머리가 하얀 노파도 그랬다. 좌석에 마주보고 서로의 얼굴을 빤히 바라보며 미소 짓는 것도 한두 번. 혹시나 하는 심정으로 내가 물었다.

"할머니, 혹시 피에르 가르뎅을 아세요?"

그러자 할머니는 만면에 미소를 띠면서 자신이 제일 좋아하는 디자이너가 피에르 가르뎅이며, 그 사람 디자인의 이런 저런 특징이 자기를 매료시킨다고 대답해 나를 깜짝 놀라게 만들었다.

프랑스가 이런 나라다. 그러니 디자이너가 자신의 쇼를 위해 공간을 마런해달라고 부탁을 하면 흔쾌히 수락을 한다. 물론 대여비는 지불해야 한다. 또 어떤 장소냐에 따라 대여비는 천차만별이다. 쇼가 가장 많이 열리는 갤러리가 제일 저렴하고, 내 첫 쇼가 열렸던 백작의 고택이나 까루젤 루브르 등 분위기 있고 특이한 장소일수록 대여비가 비싸다.

패션쇼장이 디자이너의 개성에 따라 각양각색에 이리저리 마구 흩어져 있으니, 쇼를 보러 가는 입장에서는 많이 불편할 것이라 생각할 수도 있다. 하지만 파리컬렉션이 얼마나 오랜 시간 동안 명맥을 유지해온 관록과 노련함을 자랑하는 컬렉션인가. 각 쇼장 앞에는 셔틀버스가 시간에 맞춰 대기하고 있어 다음 쇼가 열리는 장소로 손쉽게 이동할 수 있도록 해두었다. '이래서 파리컬렉션이구나' 하는 감탄이 절로 터져 나왔다.

아무튼 내 첫 쇼가 치러질 프랑스 백작의 고택을 찾았을 때, 일단 나는 그 크기에 압도당했다. 정원의 크기만 해도 몇 천 평은 족히 넘어 보였고, 그것을 덮고 있는 파릇파릇한 잔디하며 단정하고 깔끔하게 조성된 정원, 큰 분수와 오래된 석상, 그리고 300년 이상 된 4층 건물의 백작 저택의 위풍당당한 위용 앞에 나는 거의 숨이 막힐 지경이었다.

'이렇게 아름답고 고풍스런 분위기에서 첫 쇼를 하게 되다니! 이것이 과연 꿈인가 생시인가.'

그러나 이것은 겨우 시작에 불과했다. 진정한 감동은 런웨이가 만들어질 백작집의

1층 내부에서 기다리고 있었다. 1층에 있는 열댓 개의 방들은 각각의 문을 모두 열면 하나의 크고 긴 무대로 변신했다. 자연스럽게 런웨이가 만들어진 것이다. 하늘에 가 닿을 듯한 높디높은 천장하며 그 높은 곳에서 화려하게 반짝이는 샹들리에, 그리고 온통 아름다운 벽화로 장식되어 있는 벽, 또 세월의 흔적이 묻어나는 큰 유리창 너머로 보이는 넓은 정원의 대리석상과 담쟁이 넝쿨 등이 이국적인 느낌을 더 배가시키며 나를 흥분하게 만들었다. 이보다 이상적인 쇼 무대는 내게 다시 없을 것만 같았다. 나는 이 멋진 무대에서 누구보다 멋있게 쇼를 완성하고 싶었다.

게다가 내 쇼를 도와줄 스태프 또한 현지에서 최고로 알아주는 사람들이었다. 특히 현지 스태프 가브리엘은 최고의 실력을 인정받는 스타일리스트로 세계 톱모델들을 그의 손안에서 쥐락펴락했다. 덕분에 당시 내 쇼 무대를 장식한 모델들은 모두 세계최고의 톱모델인 카메론, 안드레아, 마크, 마르쿠스 등이었다. 이런 모델들이 피팅하기 위해 우리를 찾아 왔을 때, 같이 간 여자 직원들은 모두 까무러칠 듯 좋아했다.

"선생님, 정말 빛이 나는 것 같아요. 선생님 옷이 드디어 날개를 달았어요."

내가 봐도 진짜 그랬다. 모델들의 몸매나 표정, 걸음걸이 등은 탄성이 절로 터져 나올 정도로 완벽했다.

일주일의 준비기간을 거쳐 드디어 쇼가 열렸다.

그날 나는 민족 고유의 복장에서 그 토속적인 분위기나 요소들을 의상이나 액세서리 등에 도입한 패션경향인 에스닉 룩ethnic look을 선보였다. 파리 시장에서 인정받으려면 아무래도 유럽 시장에서 흔히 볼 수 있는 디자인으로는 경쟁에서 밀릴 것 같았다. 그래서 의상의 40퍼센트가량은 한국 정서를 담았다. 순백과 바랜 듯한 한국적인 흰색, 아이보리색을 기본으로 에스닉에서 찾을 수 있는 낡은 느낌의 색, 그리고 한국 섬유에서 볼 수 있는 원색들로 정했다. 또한 우리나라 옛 남부의 '가야국'을 모티브로 삼아 섬세하면서도 우리나라 전통적인 의복의 자연스러운 라인과 볼륨감, 에스닉한 전통을 모던한 젊은 감각에 접목시키는 것으로 이질적인 소재, 아이템, 컬러의 혼합으로 꾸몄다.

무대 조명이 켜지고, 세계최고의 모델들이 예의 멋있는 모습으로 당당하게 런웨이를 걸었다. 무대 뒤에서 지켜보고 있던 나는, 심장이 뛰는 소리가 밖으로 새어나올 정도로 흥분했다. 15분! 본래도 그리 길지 않은 시간이었지만, 그날은 더 짧게 느껴졌다. 피날레가 끝나고 마침내 내가 무대로 걸어 나갔다. 사람들의 박수 소리가 내 심장 뛰는 소리와 맞물려 나는 귀가 멍해질 정도로 아찔함을 느꼈다. 내 인생의 가장 황홀한 15분이 끝났다.

한국 최초로 파리컬렉션에 남성복으로 진출한 나를 취재하기 위해 함께 동행했던 국내 기자들이 나만큼 흐뭇한 미소를 지으며 다가와 축하의 인사를 전했다.

"장 선생님. 너무나 자랑스럽습니다. 대한민국 남성복이 세계 속에 이토록 멋있는 모습으로 건재하고 있음을 잘 보여주셨어요. 어서 이 성공적인 쇼를 한국에 알려야겠어요."

"고맙습니다. 그동안 준비하느라 고생했던 시간들이 오늘의 쇼로 인해 보상을 받은 것 같아 무척 기분이 좋아요. 울고 싶을 정도로요."
나는 벅찬 마음을 꾹꾹 누르며 간신히 대답을 했다.
물론 파리 현지 언론에서도, 현지 디자이너들도 감탄과 축하의 말을 잊지 않았다.
"장 선생. 우리는 오늘 분명히 보았어요. 한국적 소재가 이렇게 매력적인 것인지 처음 알았어요. 정말 대단합니다. 앞으로도 계속 파리 무대에서 장 선생의 쇼를 보고 싶군요."
다시 무대 뒤로 돌아온 나는, 알 수 없는 수많은 복잡한 감정들이 마구 뒤섞여 눈물이 났다. 남자 디자이너를 대하는 사람들의 무수한 편견과 맞서고, 아무도 시도하지 않은 남성복 디자인을 개척하고, 마침내 국내 최초로 세계적인 무대 파리 남성복 컬렉션을 성공적으로 치러낸 나 자신이 너무나 자랑스럽게 느껴져 자꾸 울먹였는지도 모를 일이다.

Photo by 권영호

Jan & Carlos. Originaires de Chicago, Jan & Carlos ne se sont pas quittés depuis leurs études au Art Institute of Chicago, et leur union s'est avérée fort productive : une collection pour femmes vendue dans 30 magasins de prestige et, à présent, une collection complète pour hommes, centrée sur la maille et le sportswear. «Le voyage est pour nous une passion, et cela se voit sans doute dans les vêtements que nous créons», dit Jan qui a parcouru le globe avec Carlos dans les années 80. Dès 1987, ils lancent leur ligne pour femmes en Italie. Trois saisons plus tard, des difficultés avec leur fabricant leur font envisager d'ouvrir un hôtel à Porto Rico. Cela n'aboutit pas et, peu de temps après, ils rencontrent le Français Patrick Balerin. Ce dernier possède depuis longtemps l'usine Crimat, spécialisée dans les vêtements en maille, située à Metalica (près d'Assise) et il va leur offrir un terrain propice pour réaliser leurs rêves. Pour leur collection homme, le couple a retravaillé l'habillement militaire et sportif des années 40 à 60. A présent, ils envisagent de venir s'installer à Paris. **Barbara Katz**

La facette masculine

Miuccia Prada. Installée dans un grand espace multifonctionnel sur la via Maffei à Milan, Miuccia Prada a perpétué l'héritage familial de son grand-père Mario. Fondateur de la société Prada en 1913, ce précurseur de l'industrie du luxe parcourait le monde à la recherche des plus belles matières pour ses malles, valises et sa maroquinerie. Après s'être intéressée au théâtre et à la politique, une imagination fertile et un penchant pour la mode ont entraîné Miuccia Prada dans l'affaire de famille, où elle a créé des sacs innovateurs, suivis de chaussures, du prêt porter féminin, et tout récemment une ligne homme. Dans cette première collection de 400 pièces, Miuccia met en avant une intemporalité moderne, personnifiée par l'acteur John Malkovitch, tête d'affiche de la campagne publicitaire. L'un des points forts de Miuccia Prada est son sens inné pour les matières novatrices. À côté du stretch, il y a des tissés spécialisés qui vont d'ottomans chatoyants à des mélanges de Nylon et de gabardine de coton. Son classicisme d'avant-garde comprend des manteaux en cachemire ultra-légers, des pantalons en Nylon, des costumes en stretch et une ligne de vêtements sportswear réalisés dans des tissus habituellement utilisés pour les vêtements de ski. Travaillant de près avec son mari et associé, Patrizio Bertelli, Miuccia s'est récemment lancée à l'assaut du milieu de l'art avec Prado Milano Arte et vient d'organiser une exposition du sculpteur David Smith. Aujourd'hui Miuccia Prada se retrouve à la tête d'une dynastie des temps modernes qui comprend des boutiques à Milan, Londres, Paris, Madrid, New York, Los Angeles, Tokyo et Sydney. **B K**

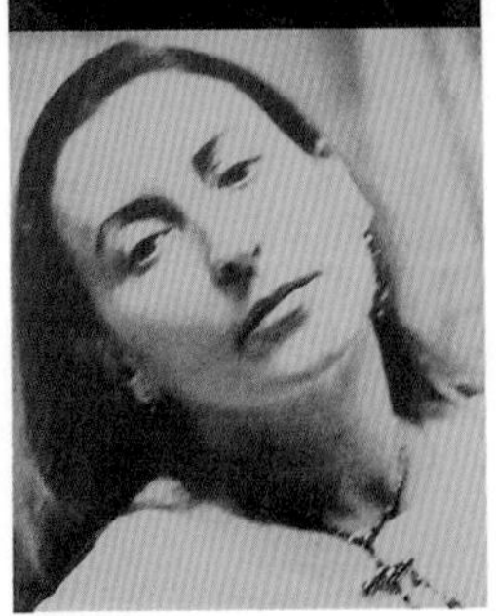

En haut : une alchimie réussie, le couple Jan et Carlos travaille ensemble depuis les années soixante-dix. Ci-contre : le coréen Chang Kwang-Hyo a appelé sa marque Caruso, en hommage à une épouse cantatrice. En bas : l'Italienne Miuccia Prada met en avant un style novateur et raffiné.

Caruso : Diplômé d'Université d'Arts en Corée, Chang Kwang-Hyo crée des collections pour hommes depuis 1984. Il cherche à préserver un esprit coréen par ses références culturelles, notamment dans l'utilisation de formes et techniques traditionnelles. Pour les matières, Caruso privilégie souvent la soie. Mais, pour mieux mélanger l'Orient à l'Occident, sa dernière collection mixte des matériaux de caractère plus occidental comme les vinyles et le métal avec des couleurs coréennes. L'homme de Caruso joue les mélanges de style : veste délavée, pantalon à carreaux et chemise argent. Chang Kwang Hyo se lance à la conquête de l'Occident en participant au Sehm et présentant sa collection '95 à Paris. **Antigone Schilling**

파리컬렉션 당시 프랑스 〈보그 옴므〉에 소개되었던 기사

VU DANS
VOGUE
HOMMES
INTERNATIONAL MOD

Photo by 권영호

새로운 문화 충격을 전파하라!

파리 무대에 오른 한국 모델들

장 폴 고티에, 폴 스미스, 겐조, 요지 야마모토, 꼼 데 가르송 등 세계적인 톱디자이너와 어깨를 나란히 하는 무대를 치르고 나니, 나는 국내의 모델에게도 세계적인 톱모델들과 어깨를 나란히 하며 파리의 런웨이를 걷게 해주고 싶은 생각이 들었다. 한 개인이 경험한 새로운 문화 충격은 주변에 퍼지기 마련이고, 이는 곧 한 집단, 나아가 한 국가의 문화로 이어지지 않는가. 내 첫 무대를 화려하게 장식해준 카메론, 안드레아, 마크, 마르쿠스 등과 함께 한국의 모델들이 같은 런웨이를 걷는다면 그들은 분명 이전보다 한층 성장하게 될 것이고, 우리 패션계도 분명 달라질 미래를 갖게 될 터였다.

'디자이너로서 세계적인 파리 무대에 섰을 때의 감동은 이루 말로 표현할 수 없지 않았던가. 그렇다면 우리나라 모델들도 꼭 한번 세계적인 파리 무대에 서고 싶지 않을까. 그런 기회를 내가 만들어줄 순 없을까.'

나는 오랜 고민을 하다가 일단 다음 시즌 파리컬렉션에 출품할 내 의상과 가장 잘 어울릴 것 같은 모델 몇 명을 뽑았다. 그리고 그들의 비행기 티켓과 파리 체재비 등은 모두 내 순수한 자비를 들여 스태프들과 함께 다시 파리로 날아갔다.

두 번째 무대이다 보니 나는 다소 안정된 모습으로 비행기에 올랐지만, 모델들은 달랐다. 들뜬 기분을 감추지 못했고, 상기된 표정이 역력했다.

'저 녀석들 얼굴을 보니, 파리 데뷔 무대를 위해 비행기에 오르던 내 생각이 나는구나. 녀석들 떨지 않고 잘 해내야 할 텐데.'

나는 파리 데뷔 무대를 앞두고 기대에 차 있는 모델들의 풋풋한 모습에 피식 웃음이 나왔다.

이번 무대는 까루젤 루브르였다. 또다시 현지 프레스의 도움을 받으며 쇼 준비를 착착 진행해나갔다. 그런데 문제가 발생했다. 현지 스태프들이 내가 데려간 모델을 무대에 세우는 것을 강력하게 반대한 것이다.

"이 친구들 모두 한국에서는 알아주는 대단한 모델들이에요. 그리고 누구보다 내 의상을 잘 살려줄 친구들입니다. 파리 무대에서도 설 수 있을 만큼 충분히 실력을 갖춘 모델들이고요. 무대에 설 수 있게 해주세요."

나는 애타는 심정으로 성토했다.

"이보세요, 장 선생님. 이곳에 세계적인 모델들이 얼마나 많은지 모르세요? 저런 친구들보다 뛰어난 모델은 숱하게 깔렸다고요. 왜 굳이 저런 친구들을 무대에 세우시려는지 그 이유가 납득이 되지 않습니다."

그들은 당연히 납득할 수 없었을 것이다. 누가 봐도 프랑스 현지 모델이 훨씬 더 키도 크고 훨씬 더 표정이 살아 있고, 훨씬 더 프로다웠다. 게다가 현지 모델들에게 있어 파리 무대는 항상 시즌마다 오르던 편한 무대였다. 그러니 고작 서울에서의 무대가 전부였던 우리 모델과 비교하면 모든 면에서 월등할 수밖에 없었다. 그러나 나는 실력에 앞서, 좀 서툴더라도, 다소 촌스럽더라도 우리 모델에게도 이런 큰 무대의 경험을 할 수 있게 해주고 싶었다. 우리 모델도 국제무대에서 당당히 걸음을 뗄 수 있다는 것을 단 한 번이라도 보여주고 싶었다. 이것이 내가 꼭 우리 모델을 파리 무대에 세우고 싶었던 이유라면 이유였다. 그러나 내 깊은 속내를 프랑스 현지 스태프가 알 리 만무했다.

부푼 가슴을 안고 파리까지 온 우리 모델들이 자칫 잘못하면 무대에 서 보지도 못하고 돌아갈 판이었다. 나는 지푸라기라도 잡는 심정으로 할 수 있는 모든 방법을 동원하여 내 뜻을 관철시켰다.

"선생님, 정말이에요? 우리보고 무대에 서라고 허락했어요! 아, 정말 선생님 감사합니다. 모두 선생님의 노력 덕분이에요. 저희 정말 잘해서 선생님 수고에 보답하겠습니다."

나는 결국 바라던 대로 이 친구들에게 낭보를 전할 수 있었다. 세계적인 모델들과 나란히 무대에 서 있는 한국 모델의 모습을 보는 것만으로도 눈물이 솟구치려 했다. 그리고 모델들은 나에게 보답이라도 하는 듯, 그간 서울에서 보여주지 못했던 멋진 모습을 무대에서 선사해주었다.

내가
발굴한
보석
같은
모델

나는 청담동이나 압구정동, 대학로를 돌아다니며 지나가는 남자들을 유심히 보는 편이다. 그러다 키가 185cm 정도 된다 싶으면 그 다음은 그 남자의 얼굴을 살펴본다. 그리고 얼굴이 괜찮은 것 같으면 그 남자를 불러 세운다.

"저기, 저는 디자이너 장광효라고 합니다. 혹시 모델을 해볼 생각이 없는지 궁금해서 불렀어요."

이렇게 말하면 열에 아홉은 호기심에 번쩍이는 눈빛으로 대답한다.

"네? 네! 한번 해볼게요."

또 모델로 데뷔시켜놓고 끼가 있고 적성에 맞는다 싶으면 탤런트나 영화배우로 추천하곤 했다. 그러면 정말 백발백중 모두 다 적중했다. 모두 스타로 발돋움했다. 차승원, 유지태, 현빈, 김남진, 이진욱 등이 바로 그들이다.

내가 '차승원'을 만난 건 그의 나이 19살 때였다. 지금은 나이를 제법 먹고 30대 후반의 그지만, 당시 차승원은 아직 얼굴에 솜털이 보송보송했다. 하지만 어린데도 왠지 모를 성숙함이 배어 나왔다. 나중에 알고 보니 그는 부인과 아들을 둔 유부남이었다.

신인이었던 차승원을 사람들이 잘 몰라봤다. 그의 매력을 사람들이 그냥 간과하고 있었다. 그런데 내게는 빤히 차승원의 매력이 보였다.

'남성다운 면도 있고, 미소년 같은 면도 있고. 저런 매력이 아무에게나 표출되는 것이 아닌데 말야. 사람들은 왜 차승원의 매력을 몰라보는 걸까.'

나는 당장 그를 내 쇼 무대에 세웠다. 무대에서 빛을 발하는 차승원을 보고 그때부터 너도나도 그를 섭외하려 애를 썼다. 그 후 그는 탤런트로 데뷔하더니 곧 인기 영화배우로 발돋움했다. 내가 알아본 그 '끼' 그대로 차승원은 나날이 발전하는 배우로 성장했다.

그는 지금도 가끔 청담동 내 매장을 지나가다가 불쑥 들러 예의 그 하얀 이를 드러내며 웃으며 내게 말한다.

"장샘, 차 한 잔 할까요?"

"응, 좋지."

잘 성장한 차승원이 바쁜 와중에도 나를 잊지 않고 찾아와, 가끔 이런저런 사는 이야기를 들려주고 갈 때면 내 가슴이 왠지 뿌듯해진다.

늦가을 낙엽이 떨어지던 날이었다. 매장 안에서 커피를 마시며 멍하니 바깥을 구경하는데, 웬 큰 무엇인가가 유리창 앞을 스치고 지나갔다. 나는 급히 매장 문을 열고 거리로 달려 나갔다. 압구정동에서 흔히 볼 수 있는 큰 키의 소유자가 고개를 푹 숙이고 어디론가 걸어가고 있었다. 내가 소리쳐 그를 불렀다.

"저기, 이보세요. 거기 키 큰 양반!"

자신도 키가 큰 건 알았는지, 뒤를 획 돌아보았다.

"여기가 바로 내 매장인데 한번 들어와볼래요?"

나는 내 매장 쪽을 가리키며 손짓을 했다. 그는 약간 어리둥절한 표정을 지으면서도 내 쪽으로 한걸음에 성큼 걸어왔다. 그가 바로 '유지태'이다. 그야말로 내가 압구정동 한복판에서 찾아낸 빛나는 보석이었다. 그리고는 곧바로 그를 내 쇼에 세웠다.

그러다 그 역시 얼마 지나지 않아 영화 〈주유소 습격 사건〉으로 뜨는 바람에, 곧 빅스타 대열에 합류하고 말았다. 물론 영화배우로서 직분을 다하다 보니, 모델 일은 전혀 하지 않았다. 하지만 유지태는 누구보다 의리가 있는 남자였다. 영화배우가 된 후로는 패션쇼 무대는 서지 않고 오로지 영화에 전념하던 그였다. 그런 그에게 내가 쇼 무대에 서줄 것을 요청했다.

"지태 씨, 바쁘겠지만 이번 쇼에 서줄 수 있을까? 이번 의상은 지태가 입어줘야 더 살아날 것 같아서 말이야."
그가 영화 때문에 얼마나 바쁜지 알았기 때문에 나 역시 이런 부탁이 무척이나 조심스러웠다. 그런데 지태는 전혀 망설임도 없이 말했다.
"당연히 서야지요. 장 선생님의 무대인데 제가 어떻게 거절하겠어요."
모르긴 몰라도 이런 인간적인 면이, 지금의 영화배우 유지태를 더 성장하게 만들었을 것이다.

이 시대 최고의 꽃미남이자 매력남으로 떠오른 '현빈' 역시 내 깊은 심미안을 매료시킬 만큼 매력이 넘치는 남자아이였다. 꽃은 가까이 볼수록 아름답고, 확대하면 더욱 환상적이다. 그런데 사람은 가까이 볼수록 추하고, 확대하면 괴물이 된다. 그렇지만 배우 현빈만은 예외라고 하고 싶다.
현빈은 그가 고등학교 다닐 때 처음 만났다. 당시 그가 다니던 영동고등학교 앞에 우리 공장이 있었다. 여느 날과 마찬가지로 공장에 볼일이 있어 들렀는데, 그 앞에 너무 야리야리하고 여자아이보다 예쁜 남자아이가 교복을 입고 서 있었다. 나는 주저할 것도 없이 다가가 말을 걸었다.
"얘, 너 너무 멋있게 생겼다. 너 이름이 뭐냐?"
"김태평인데요."

그때 현빈의 데뷔 전 본명은 '김태평'이었다.

"김태평? 태평이 너 모델 한번 안 해볼래?"

"네? 모델요?"

놀라며 되물었지만, 그도 내심 모델이 하고 싶었던 모양이었다. 그 길로 나는 바로 고등학교 3학년인 김태평이라는 아이를 내 경복궁 쇼의 모델로 세웠다. 하지만 그 쇼 이후 그와는 소식이 끊겼다.

그 후 3년쯤 지났을 무렵, 자신을 탤런트 '현빈'이라고 소개한 남자가 매장을 찾아왔다. 의상 협찬을 받겠다는 것이었다. 그 모습을 찬찬히 살펴보니 어디선가 많이 본 남자였다.

"너, 나랑 만난 적 없니?"

내가 궁금증을 감추지 못하고 물었다. 그러자 그제야 그는 웃음을 지으며 말했다.

"선생님, 제가 그때 그 김태평이에요. 선생님께서 저를 처음으로 모델로 데뷔시켜주셨잖아요."

현빈은 그렇게 최고의 히트 드라마 〈내 이름은 김삼순〉에 주인공으로 캐스팅되어 말도 못하게 유명해져버렸다. 그리고 그해 MBC 드라마 최우수 남우주연상을 타게 되었다. 바로 그 자리에서 현빈은 내게 감사하다는 말을 전했다. 나 역시 현빈의 그 감사 소감을 듣고 가슴이 뭉클했다.

나는 여전히 내가 이미 발견하여 세상에 알려진 보석 말고, 또 다른 숨은 보석을 찾아다닌다. 매력적인 그들을 찾아다닌다. "저기, 나는 디자이너 장광효인데, 혹시 모델 할 생각 없어요?"라는 말을 달고서 말이다.

잘 성장한 배우 현빈 군과 함께
ⓒ SK네트웍스

프란체스카,
친근한
장샘이
좋다!

2005년 MBC에서 야심차게 준비중이라는 시트콤의 담당 PD와 작가가 나를 찾아왔다. 그 시트콤에 디자이너가 등장해야 할 것 같은데, 바로 그 디자이너 역을 실제 디자이너로 활동하고 있는 내가 해줄 수 없겠느냐는 제의였다.

"아이고, 장 선생님. 연기를 안 해보셨다 해도 전혀 상관없어요. 아주 잠깐, 잠깐 카메오로 나오기 때문에 절대 부담 가지실 필요도 없습니다. 게다가 디자이너는 뭐 연기하지 말라는 법이 있나요. 저 유명한 세계적인 디자이너 랄프 로렌이나 아르마니도 시트콤에 출연했지 않았습니까. 예?"

호기심 때문에 뭐든 일단 질러놓고 나중에 생각하는 나였다. 하지만 '연기'라는 화두 앞에서는 나도 짐짓 움츠러들었다.

'공중파를 통해 방송이 되고, 심지어 망가지는 역할이라니! 아무리 생각해봐도 20년 넘게 우아한 디자이너로서 명성을 쌓아온 나에게, 그런 역할은 아주 치명적인 이미지 손상을 가할 게 분명해.'

밤이 늦도록 고민한 끝에 내린 결론은, 날이 밝는 대로 방송국에 전화를 걸어 확실히 출연 거부 의사를 밝히는 것이었다. 이윽고 날이 밝았고 나는 잠자리에서 일어났다. 그런데 이상하게 내 마음에 변화가 일었다.

'그냥 한번 해봐? 시트콤에 디자이너가 나오는 게 앞으로 또 흔히 일어나는 일이겠어? 일단 출연해보자. 혹시 알아? 내 속에도 숨은 연기력이 도사리고 있는지도…….'

생각이 이쪽으로 기울자 슬슬 '연기자'라는 세계는 또 어떤 것인지, 시트콤은 또 어떤 식으로 만들어지는지 궁금해지기 시작했다. 더 나아가 시트콤을 통해 남성 디자이너를 향해 막연히 좋지 않은 편견을 가진 사람들의 의식도 바로잡아주고 싶기도 했다. 더불어 실제 현직 디자이너의 세계는 어떤지에 대해 의문을 가진 사람들에게 좀더 실제적이고 구체적인 모습을 보여주고 싶은 욕심도 생겼다. 당장 전화를 걸었다.

"디자이너 장광효입니다. 저, 그 시트콤에 출연할게요."

이것이 시작이었다. 품위 지키고 온갖 우아 떨던 디자이너 '장광효'에서, 망가지고 웃기고 푼수 떠는 국민 디자이너 '장샘'으로 다시 새롭게 태어나는 그런 순간이었다. 모든 것이 '이 죽일 놈의 호기심' 때문이었다.

촬영 당일, 이른 아침 저절로 눈이 떠졌다. 어린 시절 소풍 떠나는 날처럼 행복한 마음이 들었다.

'드디어 D-day. 그동안 연습했던 대사를 한번 마지막으로 해볼까?'

"모델이 왜 이렇게 엉덩이가 처졌어! 저리 가!"

앗! 그런데 왠지 이상한 기분이 들었다. 분명 어제까지만 하더라도 입에 착착 붙던 대사가, 마치 초등학생이 국어책을 읽는 듯 어색하기만 했다. 다급한 마음에 옷을 챙겨 입고 촬영 장소인 내 매장으로 황급히 달려갔다. 촬영이 시작되려면 아직 시간이 많았다. 나는 촬영 장소에서 혼자 리허설을 해보기로 했다. 혼자서 온갖 포즈를 다 취해보며 연습을 했다. 그러나 여전히 어색 그 자체였다.

이윽고 실제 촬영 현장, 백 번도 넘게 연습했던 그 짧은 대사를 말했다. 게다가 그 대화에 알맞은, 그에 딱 맞는 새초롬한 표정도 자연스럽게 녹여냈다. 느닷없는 액션까지도 아무렇지 않게 소화해 냈다. 박수가 터져 나왔다. 사람들이 웃었다. 나의 첫 연기는 아쉬운 대로 합격점을 받은 것 같았다.

몇 회분의 시트콤을 찍고 나니, 나도 모르게 연기에 자신감이 생겼다. 아니 더 정확히 연기에 재미를 들였다고 할까. 처음에는 망가질 것을 염려하던 내가, 마침내 뭐가 망가지는 것이 모를 정도로 연기가 즐거웠던 것이다. 그리고 어느새 내 이름은 '디자이너 장광효'에서 '장샘'이 되었다.

'교과서를 읽듯 어색하게 대사를 치던 내가, 어느 순간 연기에 감정을 담아내고 있잖아. 심지어 애드리브까지! 내 속에 역시 연기자의 피가 끓고 있었던 게야.'

나는 멋도 모르고 마냥 으쓱댔다.

또 작가도 처음엔 나를 카메오 정도로 생각했다가, 잠깐 출연에도 웃음을 몰고 오는 내 캐릭터를 좋아하는 사람들이 늘어나자 부쩍 내 분량을 늘려주었다. 나는 이왕 연기를 시작했으니 더 잘하고 싶은 욕심에 어색한 대사를 고치려고 연기 연습에 매진하기도 했다. 그런데 이 무슨 황당한 상황인가. 담당 PD, 작가 등 모든 제작진이 나서서 연기 연습을 만류했다.

"장샘, 연습하지 마세요!"

대본을 받아들고 연습을 하고 있는 나를 보며 제작진 중 누군가가 말했다.

"내가 계속 어색하게 대사를 말하는 것 같아서 말야. 내가 모니터 해보니까 영 보기 그렇던데……."

"장샘, 모르셨어요? 그게 장샘의 인기 비결이에요. 바로 그 어색한 연기가 인기 몰이를 하고 있는 거라고요. 하하하."

"에이, 설마……."

정말 그랬다. 평범한 상황에서는 전혀 납득할 수 없는 이유였지만, 실제로 내 어색한 연기는 많은 사람들을 웃게 했고, 놀라운 인기를 양산했다.

그 인기를 내가 직접 체감한 것은, 시트콤 출연 후 얼마 지나지 않아 대형 마트에 갔을 때였다. 그날도 여느 날과 마찬가지로 아무렇지 않게 아내와 함께 일주일치 장을 보고 있었다. 천천히 물건을 고르며 야채코너를 돌아 나오던 찰나, 중학생쯤으로 보이는 어린 학생이 나를 보더니 큰 소리로 외쳤다.

"야! 디자이너 장샘이다."

아내와 나는 순간 당황하여 어쩔 줄 몰라 했다.

그때 마트에 있던 사람들이 우리 쪽으로 몰려들었다. 정말 순식간이었다. 300명은 족히 넘어 보이는 사람들이 나와 아내를 에워쌌다. 나는 그 당황한 속에서도 퍼뜩 깨달았다.

'아, 이것이 방송의 힘이구나. 이것이 바로 유명세라는 것이구나.'

당혹스럽긴 했지만, 그리 싫지 않았다.

사람들이 펜과 수첩을 꺼내며 내게 내밀었다.

"장샘, 사인 좀 해주세요! 네, 네?"

그들에게 내가 오히려 통사정을 했다.

"저기, 제가 이런 경우가 처음이라 무척 당황스럽거든요. 저, 집에 가야 하니까 길 좀 비켜주세요. 미안합니다. 미안해요."

무수히 많은 그 인파를 뚫고 집으로 돌아왔다. 안락한 소파에 앉아 금방 전에 벌어졌던 그 상황을 다시 되짚어 보았다. 뭐라 딱히 표현할 수는 없지만 묘하고도 신기한 기분 좋음이 몰려왔다.

'장광효! 너 진짜 뜬 것 아냐?'

어색한 연기로 나는 분명 떴다.

"장샘이 이렇게 뜰 줄은 저희도 몰랐어요."

〈안녕, 프란체스카〉를 담당한 PD와 작가가 한 말이다.

나 역시 내 분야도 아닌 연기자라는 신분으로 이런 인기를 누리게 될 줄은 꿈에도 몰랐었다. 아마도 호기심에 시작한 색다른 도전이 내게 이처럼 특별한 세상을 열어 보여줄 것이라고는 그 누구도 몰랐을 것이다.

〈안녕, 프란체스카〉는 내게 행운을 가져다준 고마운 시트콤임에 틀림없다. 특히 좋은 사람들과 소중한 인연을 맺게 해준 것이 가장 고맙다. 극 속에서 나의 매장 직원으로 나왔던 인기 탤런트 정려원 양과 연기하면서 나는 풋풋한 젊음도 느꼈다. 그저 깍쟁이로만 보였던 정려원은 실제 가까이에서 지켜보니 성실하고 조신했고, 신앙심도 깊은 조용한 아가씨였다. 내가 연기를 잘 못해 많은 NG가 나더라도 언제나 웃으면서 나를 편안하게 대해주었다.

그리고 나와 불명예스러운(?) 키스신까지 찍어야 했던 건축가 김원철 소장. 그 역시 이 시트콤이 아니었다면 좋은 친구로서의 인연을 맺지 못했을 것이다. 나이는 나보다는 좀 아래였지만 나와 비슷한 체격에, 건축과 패션을 각각 디자인하는 디자이너로서 김원철과 나는 공통점이 많았다. 그리고 둘 다 좀 유치한 캐릭터로 콤비를 이루며 연기를 한 덕에, 우리는 연기를 하면서도 무척 많이 웃었다. 결국 이 시트콤으로 인해 우리는 지금도 가끔 식사를 나누며 디자인 이야기도 하고, 서로의 생각도 공유하며 좋은 친구로 지내고 있다.

또 프란체스카가 내게 준 행운은 뭐니뭐니해도 '인기'였다. 시트콤에 출연할 당시 내 출연료는 대사분량만큼이나 적었다. 40만 원. 누군가는 많다고 할 수도 있겠지만, 내가 그 시간에 디자이너로서 옷을 만들었다면 출연료의 몇 곱절이 넘는 돈을 벌 수 있었을 것이다. 또한 시트콤 출연을 위해 연습하고 준비하는 과정까지 다 합하면 디자인을 하면서 얻을 수 있는 기회비용은 당연히 줄어들 수밖에 없다. 그러니 단지 돈을 벌기 위해 시트콤에 출연했다면, 이보다 바보짓은 없을 것이다.

하지만 이것은 가시적으로 보이는 산술법에 의한 단순한 돈 계산이다. 그러니까 보이지 않는 것까지 포함한 산술법으로 계산한다면, 적어도 나는 시트콤에 출연하여 4억 이상의 광고 효과를 보았다고 자부한다.

특히 작가가 나에 대한 애정으로 웃기지만 귀엽고, 푼수 같지만 동정심을 유발하게끔 독특하게 만들어낸 '장샘'이란 캐릭터는, 새침한 장광효를, 아니 디자이너라는 직업을 사람들이 한층 더 친근하게 느낄 수 있게 만들어놓았다. 이것은 내 패션쇼에서 여실히 드러났다.

05/06 F/W 서울컬렉션에서 내 쇼는 그동안 볼 수 없었던 진풍경이 펼쳐졌다. 시트콤 〈안녕, 프란체스카〉의 디자이너 '장샘' 역으로 나오는 '장광효'의 실제 패션쇼를 보고자 하는 사람들로 넘쳐났던 것이다. 또 한 번 방송의 위력을 실감하는 순간이었다.

그리고 내가 사람들 속으로 지나가자 여기저기서 플래시가 터졌다. 관중들이 일제히 가지고 있던 카메라 폰을 꺼내 나를 찍는 것이었다. 정말이지 방송 출연 전에는 상상도 못했던 일이었다. 때문에 그 쇼는 많은 사람들의 박수와 격려 속에 그 어느 때보다 멋있게 마무리되었다. 그간 단지 패션계의 축제로 끝났던 서울컬렉션에, 패션에 문외한인 일반 대중까지 불러들이고, 그들에게 패션에 대한 이해를 심어줄 수 있었던 그 귀한 자리는, 다름 아닌 한 편의 시트콤이 낳은 위대한 파급 효과였다.

벌써 3년이 지났다. 내가 〈안녕, 프란체스카〉를 출연한 지 벌써 이만큼의 세월이 흘렀다. 물론 나는 이 시트콤 출연 이후, 누구에게나 '장샘'으로 불리고 있다. 지금도 길을 걷다 보면 낯선 사람임에도 불구하고, 나를 보고 '씨익' 웃음을 짓는 사람과 마주치곤 한다.

'뭐야, 왜 날 보고 웃지. 내 얼굴에 뭐가 묻었나.'

시트콤에 출연하지 않았더라면 이렇게 생각하고 의기소침해졌을지 모른다. 하지만 나는, 나를 보고 웃어주는 낯선 사람을 향해 역시 미소로 화답한다.

'아직도 나를 프란체스카 속의 장샘으로 기억해줘서 참 고마워요.'

이 말은 속으로 담으면서.

Photo by 박광석 ⓒ 월간 Traveller

© MBC 〈안녕, 프란체스카〉

PART 2

디자이너, 그 은밀한 스피릿

디자이너들의
원점은
클래식
스타일

클래식 슈트란 게 있다. 클래식 슈트는 근대사회의 정확성과 정신적 질서를 보존하면서 확립된, 정해진 스타일을 갖는 옷이라고 말할 수 있다. 영국이 완성시킨 이 클래식 스타일은 모든 슈트의 기본이 되고 자유의 허용치가 그다지 크지 않다. 지나치게 완벽해서 손댈 만한 곳이 매우 적은……. 주된 부분은 어깨선, 암홀, 어깨지체, 허리선 여유분, 드레이프, 단추 위치 정도다. 하지만 슈트라는 형식의 필연성이 존재하는 한, 대담한 변경은 허용되지 않는다. 거의 한 세기 반을 이어온 인간과 슈트의 인과적 연속성도 그리 간단하게 제거할 수 없다. 바꿔 말하면, 스타일의 추구 아니면 착용감의 추구라고 말할 수 있다.

클래식 슈트란 단순히 오래되었다는 의미는 아니다. 전통적인 옷이란 의미도 아니다. 옷에서 전통적이란 말이 어울리는 건 전통의상 뿐이다. 우리말로는 표현하기가 쉽지 않다. 무리하게 정의하거나 번역하려고 시도하면 어떤 정신이 결여되고 만다. 클래식이 좋은 예다. 이 단어를 논리적으로 해명하기 위해서는 서양과 그 문화적 배경을 함께 이해하지 않으면 안 된다는 것을 서양을 찾을 때마다 통감하게 된다. 서양인은 그것을 감각적으로 포착할 수 있지만, 우리는 불가능하다. 역사가 다르기 때문이다.

디자인의 클래식이란 말을 백 퍼센트 수용하기는 어렵지만, 이를 우리가 갖추어야 할 어떤 디자인의 기본이 된다는 것에서 시작한다면, 나는 디자이너에게 그 무엇보다 중요한 게 이 클래식 스타일이라고 밝히고 싶다. 일류 디자이너들은 클래식을 학습하고, 학습 뒤에 그것을 토대로 옷을 디자인하고 있다. 모든 사물은 일단 원점으로 돌아가면 이해하기 쉬워진다.

사람도 시대와 함께 변해간다. 그 위대한 사람과 시간의 흐름 앞에서 의젓하게 자리를 지킬 수 있는 것은 지금까지도 그랬던 것처럼 클래식 슈트밖에 없다. 그것이 클래식 슈트의 영원성이다.

일류 디자이너가 되고 싶은가? 그렇다면 우선 클래식 스타일을 마스터하라. 그것은 당신에게 변화와 변형의 자유를 가져다줄 것이다.

직업적인

고독

없이

위대한

작업은

탄생하지

않고…….

하얀 벽지를 마주하게 되면 여러 가지 상념이 떠오르기 마련이다. 디자이너인 나는 더욱 그렇다. 하루 동안 내가 듣고 보았던 것들의 잔상, 과거의 기억, 내가 뭔가를 생각하고 있다는 것도 잊은 채 수면 위로 둥둥 떠다니는 자아. 바로 이러한 상념의 시간일 것이다. 내 디자인이 이루어지는 메커니즘은…….

종종 내게 디자인의 영감을 어떻게 얻는지 묻곤 하는데 말로 정확히 표현하기란 쉽지 않다. 디자인의 오묘한 과정을, 어떻게 해서 그러한 작품이 형성되었는지 그 근원적인 계기를 명확하게 말하기란 말이다. 나의 마음속에 은연중에 축적된 경험과 기억들은 디자이너가 작업지시서를 마주하고 있는 동안, 마치 헝클어진 실타래가 풀리듯 특정의 모티브를 통해 형상화된다. 그것들은 자연에서 받은 인상들에 대한 디자이너의 전언이다. 과거라는 기억 속에서 모티브가 될 만한 것을 끄집어내어 현재의 시간 속에 담기. 나는 과거를 거슬러 기억을 만들며 기억과 기억의 재조합, 시간과 시간들의 재구성을 통해 그러한 모든 것들이 지금 바로 삶의 한 부분이 되도록 재창조한다.
어쩌면 장광효의 디자인은 인생을 바라보는 거울과 같은 것인지 모른다. 아니면 '아놀드 하우저'의 적절한 비유처럼 바깥세상을 바라보는 창과 같은 것일까? 중요한 것은 자신의 감정을 투사하는 경기장으로 디자인을 선택하고 있다는 것이다. 그러한 관점에서 보자면 나는 분명 투사자이다. 대상에 대한 관조보다는 감정의 파도타기를 즐기는 디자이너로서의 성격이 꽤 짙다고 말할 수 있다.
대상에 대한 감정이입이 자연스럽게 이루어지고 그러한 과정에서 작품은 디자이너가 나누는 내밀한 대화의 한 형식으로 자리 잡는다. 디자인은 우리가 궁극적으로 만나게 되는 것을 이해한 이미지 자체가 아니다. 삶으로부터 오는 감정의 편린 같은 것들이다. 이를테면 어떤 대상이나 사태에 대한 격렬한 감정이나 분노, 생의 희열이나 환희와 같은 것. 그것들은 삶에 대한 뜨거운 긍정에서 시작된다.
직업적인 고독 없이 위대한 일이란 아무것도 일어나지 않는 것 같다. 그리고 진정한 위대함이란 아마도 눈부시게 빛나는 고독일 것이다. 우리가 이 지구상에 머물고 있는 이 슬픈 체류들은 사람들이 받아들이고 싶어 하지 않는 고뇌의 시기에 불과한 것들이다.

남과 다른 인생을 살아가는 난, 단순히 관람자의 입장이 되어 세상이 참으로 다양하다는 것을 느끼게 된다. 그러나 정작 그가 나의 인생에, 나의 시간 속으로 깊숙이 들어와 동반자가 된다고 상상하기 시작하면 골치가 아파진다. 스스로 원하는 인생을 선택할 수밖에 없는 나는 그래서 외롭다.

디자이너라 불리는 나는, 역시 남과 다른 기준으로 세상을 바라보니 일상에서 저만치 비껴나 스스로의 잣대에 의지하며 살아가고 있음을 종종 보게 된다. 그러나 다행이다. 범인들이 해내지 못하는 '크리에이티브'라는 것을, 내가 그들처럼 경험하지 못한 삶의 대가로 이뤄내고 있으니 말이다.

디자이너라는 말은 종종 허무하다. 이제는 디자이너라는 말의 정의조차 내리기 힘든 세상이 되어버렸다. 디자이너의 고뇌보다는 번지르르한 겉모습에 현혹되는 세상. 적당히 현실을 즐기며 돈 버는 직업 하나로 디자이너를 선택하며 살아가는 이들이 덜 궁색하고 여유 있어 보이기까지 한다. 그러나 몇몇 지혜로운 소비자들은 작업 과정에서 디자이너들이 치러냈을 깊은 사색과 번뇌의 정도를 가늠하며 그들의 진가를 재보기도 한다.

나 또한 디자이너라면 어느 정도 현실의 욕구들을 포기하며 살아주길 기도한다. 스스로의 잣대를 지키기 위해 특별한 종류의 고통을 겪어왔을지언정, 크리에이티브라는 귀한 선물을 가져다주는 사람이니까.

어떻게
하면
멋쟁이가
될 수
있을까?

디자이너로서 20년 가까이 살아오다 보니, 사람들이 내게 가장 많이 묻는 물음이 하나 있다.

"장 선생님, 어떻게 하면 멋쟁이가 될 수 있을까요?"

그들은 마치 디자이너인 내가 한 마디만 해주면 곧바로 멋쟁이로 '짠' 하고 변신할 수 있을 거라 생각하는 것 같다. 그러나 나는 감히 말하고 싶다. 로마가 하루아침에 만들어지지 않은 이치로, 멋쟁이 또한 하루아침에 만들어지지 않는다고. 이 옷 저 옷 다 입어보며 멋을 위한 시간 투자를 하는 등 부단한 노력과 시행착오를 거쳐야만 멋쟁이가 될 수 있는 것이라고.

'멋'에는 참멋과 겉멋이 있다. 먼저 겉멋은 그야말로 무턱대고 트렌드와 유행만 따르는 것을 말한다. 자신의 체형이나 옷에 대한 어떤 생각이나 의식도 없이 그저 패션 잡지나 유명 연예인을 흉내내는 것을 말한다. 그러면서도 스스로는 아주 멋을 잘 부린다고 생각한다. 이것이 바로 겉멋이다. 이런 겉멋을 부릴 바에야 차라리 아무 멋도 부리지 않고 수수하게 있는 편이 더 낫다.

그렇다면 참멋은 무엇일까. 그것은 바로 옷에 대한 올바른 이해와 바른 생활을 하고 경우가 있는 마음의 자세를 가진 사람이 추구하는 멋을 말한다. 멋이란 것도 결국 자기성찰이다. 어떤 옷을 입느냐보다는, 어떤 트렌드를 따를 것인가를 고민하기보다는, 그에 앞서 어떻게 하면 내 스타일을 살릴 수 있을까, 어떻게 하면 내 개성을 살릴 수 있을까를 먼저 고민해야 한다. 그리고 그 전에 그런 스타일이 살기 위한 기본이 되어 있느냐를 살펴야 한다. 스타일을 위한 기본이란 다름 아닌 자신의 몸 상태를 말한다. 자신의 몸에 군살이 없도록 노력하는 것이 참멋을 부리기 위한 기본 조건이다.

소지섭, 권상우, 현빈을 봐라!

세 사람의 몸매는 거의 환상적이다. 그런데 이런 몸매가 어느 순간 그냥 만들어졌겠는가. 혹독한 자기 관리의 결과이다. 참멋을 부리기 위해서는 피나는 노력이 필요하다.

물론 이 사람들은 직업적으로 몸매 관리가 필수이긴 하다. 하지만 참멋을 부리기 위해 노력하는 사람은 일반인 중에도 쉽게 찾아 볼 수 있다. 내 고객 중 나이가 지긋한 대기업 CEO가 있다. 그는 60대 중반으로 그 연세에도 배가 나오지 않았고, 엉덩이도 처지지 않았다. 아주 단단하고 다부진 몸매를 갖춘 사람이다. 그는 운동을 게을리 하지 않으며 철저히 몸매 관리를 한다. 또한 유행에도 뒤지지 않기 위해 나를 직접 찾아와 조언도 구하고 옷도 맞춰간다.

스타일이 살아 있는 진정한 멋을 부리기 위해서는, 먼저 패션 잡지를 뒤적거릴 것이 아니라 참멋을 부릴 수 있는 몸매 준비가 되어 있는지를 살펴야 한다. 디자이너를 찾아가 충고를 들을 것이 아니라 당장 운동을 하는 것이 수순일 것이다.

'멋'이란 오랜 시행착오 끝에 마침내 탄생하는 귀한 것이다.

photo by 허광

스타일에 대한 해답, 이미지

나는 패션이 예술 속에 존재하는 것이라 보지 않는다. 또한 그것이 영원히 변치 않는 무엇이라고도 생각지 않는다. 그것은 우리의 감각 기관들로 체험되는 현실 속에서 존재하는 구체적이며, 한시적인 상품이라고 생각한다. 마치 우리의 삶이 관념 속에 존재하는 것이 아니고 구체적인 공간 속에서 구체적인 몸으로 한시적으로 체류하는 것처럼.

내게 표현의 욕구가 있다면 그것은 존재하는 모든 것들이 남기는 흔적들에 대한 관심을 지금 여기 있음의 치열함을 부단히 재확인해보려 함이 아닐는지…….

차림새란 옷을 입는 방법이기도 하거니와 옷을 입을 때의 마음가짐이기도 하다. 스웨터를 입을 때와 재킷을 입을 때 또는 클래식한 옷을 입을 때와 트렌디한 옷을 입을 때 사람의 마음은 제각각 달라진다. 옷은 의자나 책상과 달라서 사람의 몸이라는 이미 디자인된 본체가 존재하기 때문이다.

옷에 객관이 필요한 이유는 옷은 그것을 입었을 때 복장이라는 현상으로 질적 변화를 일으키기 때문이다. 복장은 자신과 타인을 위해 존재한다. 어떤 종류의 멋을 내든 자기 자유지만 밀실에서 자아도취에 빠지기 위해서는 아니다. 사회와 연계될 필요가 있으며 그 때문에 객관성의 필요가 생겨난다. 따라서 그 자체가 자신에게 어울리느냐 그렇지 않느냐 하는 객관이 중요한 요건이 된다. 내가 좋아하는 옷이 '내 존재'를 구체적으로 표현할 수 있는가, 그것을 입었을 때 타인이 나를 어떻게 평가하는가의 문제이다.

대부분의 사람들이 무난한 옷 아니면 눈에 띄는 옷을 선택하는 이유가 거기에 있다. 간단히 말하자면, 옷의 선택은 늘 그 사람의 실천적 동기에 기초해야 하고, 복장은 그 사람의 모든 개성을 표현해내야만 한다. 그것 말고 다른 요소가 개입하게 되면 옷과 사람의 조화는 깨지고 만다. 그렇게 생각하는 것이 선택을 편하게 한다.

멋을 제대로 내고 싶으면 우선 클래식한 스타일을 익혀야 한다. 그것이 남자 몸치장의 기본이기 때문이다. 기본을 익히지 않은 채 다양한 것을 시도하면 멋내기는 발전하지 않는다. 멋내기는 학습이며, 학습은 기본을 익히지 않으면 발전하지 않기 때문이다.

클래식한 스타일을 마스터한 다음 재킷에 도전해보자. 재킷을 블루종 감각으로 입으면 자기 개성을 자유롭게 표현할 수 있다. 기분에 맞게 입는 복장은 슈트로는 한계가 있기 때문이다. 재킷은 그날그날 기분이나 목적에 따라 자유자재다. 나는 슈트를 입을 때보다 재킷스타일을 입을 때 더 고양되는 듯 느껴진다. 재킷스타일이 눈에 익지 않은 사람들은 재킷스타일의 장점을 모를 수도 있겠지만 말이다.

멋내기를 모르는 사람도 그렇다. 다른 사람의 멋내기를 관찰하지 않기 때문이다. 멋내기는 탁상공론이 아니라 한 사람 한 사람의 경험이다. 느끼는 능력에 따라 조금씩 숙달된다.

'윈저 공이 그의 스타일을 아무렇지도 않게 흉내 내는 사람들에게 준 것은, 사실은 복장에 따라 자신을 표현하는 용기다'라고 미국 에스콰이어 패션칼럼니스트는 말했다. 실패를 두려워하지 말고 용기를 갖고 재킷을 입어봐야 한다. 경험이 해결해줄 때가 반드시 온다.

멋내기는 형식이 아니다. 값비싼 물건을 몸에 걸치면 그걸로 끝나는 게 아니다. 그것은 잔재주에 머무는 치장이다. 은제 지포라이터를 갖고 있다고 해서 멋져 보이는 게 아니라, 바람이 부는 속에서도 담배에 불을 붙일 수 있기 때문에 멋져 보이는 것이다. 진정한 멋내기란 모든 자만심을 배척하는 것이다. 멋내기는 외적 세계가 아니라 내적 세계의 문제이며, 내적 세계가 감각으로서 타인의 생리에 호소하는 것이다.

스타일이란 누구든 함부로 근접할 수 없는 도도함과 고귀함, 단순하고 꾸미지 않은 듯하나 찬찬히 들여다보면 무수한 내면의 힘이 느껴지는 고귀함과 절제의 미이다. 단순한 패션으로만 표현되는 것은 오래가지 못한다.

'오랫동안 존재하는 것은 스타일이지만 스타일은 패션을 따라가야 하고 동시에 패션보다 더 오래 존재한다'고 말한 칼 라거펠트의 말처럼 클래식이라는 이름으로 그리고 트렌드라는 키워드로 끊임없이 요구되는 스타일에 대한 해답은, 이 모두를 아우르는 이미지이다.

패션을
사랑할
수밖에
없는
이유

"모든 길은 패션으로 통한다"라는 말이 무색하지 않은 요즘이다.
패션에 대한 관심과 열정이 이토록 뜨거운 적이 있었던가. 과거 길을 지나다닐 땐 잔뜩 멋을 부린 사람이 눈에 띄게 마련이었다. 하지만 요즘 거리에서는 오히려 하나도 꾸미지 않은 사람이 더 눈에 띄곤 하는 아이러니한 풍경이 연출된다. 다들 완벽하게 치장을 하고 나오기 때문이다.
갈수록 커지는 패션산업과 그 부산물들을 보면, 현역 패션디자이너로 일하고 있는 내가 다 깜짝깜짝 놀랄 지경이다. 패션 그리고 디자인은 우리 생활 곳곳을 침투해 너무나 자연스럽게 배어들었다. 성능보다 뛰어난 디자인으로 승부하는 제품이 늘고 있고, TV에 나온 누군가의 스타일이 머리부터 발끝까지 분해되어 금세 소문이 난다. 패션을 다루는 전문 잡지와 전문 TV 채널이 생겨나 높은 인기를 누리고 있고, 슈퍼모델과 스타일리스트는 선망의 직업이다.

혹자는 이야기한다. 패션은 허영을 부추기는 독 같은 존재라고 말이다. 그깟 옷 하나에 웬 수선을 떠는지 모르겠다는 사람들도 있다. 예전엔 이런 생각들이 보다 강했던 것 같다. 누리는 것보다는 좀더 아끼고 잘 사는 것에만 골몰했던 과거 시절엔, 파리컬렉션을 마치고 국위선양을 하고 돌아온 나에게 사치를 조장했다 하여 팡팡 세금을 매기던 게 대한민국의 현실이었다.

'패션' 을 그저 옷 하나로 생각하면 안 된다. 그 안에 담긴 더 큰 상징성을 생각해야 한다. 패션의 황제 칼 라거펠트는 '패션은 사치도 허영도 아닌 인간이 살아가는 데 꼭 필요한 꿈이며 희망' 이라고 했다. 인간은 빵만으로는 살 수 없다. 살아가는 이유를 던져주는 꿈과 희망, 패션은 바로 그 영역에 속한다.

유명 패션 잡지사에 일어나는 일들을 다룬 〈악마는 프라다를 입는다〉라는 영화를 보면, 패션에 대한 개념이 아직 서 있지 않은 주인공 앤디에게 이 부분을 전달해주는 아트디렉터 나이젤의 이야기가 나온다.

'이게 단순한 잡지 같아? 이건 그냥 잡지가 아니야. 이건 희망을 주는 빛나는 등대야. 로드아일랜드에서 여섯 명의 형 밑에서 자란 소년을 예로 들어 얘기해보지. 그 아인 축구수업에 나가는 척 하면서 실제론 바느질수업에 나갔었지. 그리고는 날이 새도록 〈런웨이〉를 끝까지 읽고는 했어. 이곳에서 얼마나 많은 전설적인 거장들

이 일했는지 넌 모르잖아.'

우리 패션 잡지사들의 풍경도 마찬가지다. 좀더 완성도 높은 비주얼을 만들기 위해, 좀더 크리에이티브한 작업을 위해 밤을 새우며 일하는 것이 그들이다. 패션디자이너, 에디터, 포토그래퍼, 북디자이너 모두 작은 디테일 하나에 목숨을 걸고 일한다.

어느 여류작가의 인터뷰를 보니, 젊은 여성들이 가십이나 스타일을 다룬 요즘의 잡지를 읽지 않았으면 좋겠다는 내용이 있었다. 그러나 나는 다르다. 여성들은 물론 남성들도 한 달에 패션 잡지 한두 권 쯤은 읽어야 한다고 생각한다. 최고의 비주얼을 만들어내는, 전 달을 뛰어넘는 그 이상의 무엇을 만들어내기 위해 노력하는 그들의 숨결을 느껴야 한다. 요즘의 패션 잡지들을 보면 패션화보를 받쳐주는 깊이 있는 피처 기사가 곳곳에 포진, 패션을 위시한 문화예술 전반을 다루고 있다. 잡지에 나온 물건을 산다는 실용적인 목적이 아닌, 꾸준히 관심을 갖고 패션을 알아간다는 마음으로 보다 보면 무엇보다 안목을 키우는 데 많은 도움을 줄 것이다.

패션은 이제 패션을 넘어선 스타일과 이미지의 문제로까지 번져나가고 있다. 정치, 사회, 개인의 모든 분야는 점차 스타일과 이미지가 지배하기 시작했으며, 패션에 대한 위상도 함께 높아지고 있다. 파리컬렉션을 마치고 돌아오던 그때만 해도 참 갈 길이 멀다는 생각을 했었는데, 어느새 이렇게 대접받고 있는 모습을 보면 뿌듯하기도 하다.

photo by 허광

여행은
스타일이다

나는 여행은 해방이라고 생각한다. 현실의 모든 속박에서 벗어나 잠깐 동안이나마 안식과 휴식을 주고, 새로운 아이디어를 제공해주는 굉장히 유익한 해방이라고 생각한다. 현실의 굴레에 갇혀 힘든 당신, 여행을 통해 해방을 맛보길 바란다.

겉으로 보이는 럭셔리함이 아닌 사고의 호사, 하이엔드 라이프스타일의 퀄리티는 어떤 곳을 어떤 방식으로 여행하느냐 하는 여행의 질과 동격을 이룬다. 목적지를 정하고, 짐을 꾸리고 비행기 트랩을 오르는 순간 지금까지와는 다른 내가 된다. 새로운 곳으로 향하는 설렘은 무수한 만남과 에피소드를 약속하고 자유로운 이방인으로서의 일탈을 상상하게 한다.

무엇을 보았느냐도 중요하지만 무엇을 얻었느냐가 진정 여행이 주는 감동일 것이다.

또한 여행은 숙제가 아니라는 것을 깨달아야 한다. 해치워버려야 할 대상이 아니라 내 삶의 한 부분을 차지하는 소중한 과정이라는 것. 마음을 비워 생각이나 마음보다 더 깊은 곳에 자리 잡고 있는 자아를 찾아 완벽한 고요함에 도달하는 것. 이럴 때의 여행은 여유를 누리기 위한 나의 기술이다.

나는 여행만큼 사람을 성숙하게 하는 것은 없다고 생각하는 사람 중 하나다. 여행예찬론자로까지 말해도 무방하다. 실제로 나는 내 또래의 사람들에 비해 많은 곳을 여행할 수 있는 행운을 누렸고, 지금도 매년 여름과 겨울이면 한 번도 가보지 못한 먼 나라를 찾아 아내와 여행을 다니고 있다. 그러나 내 경험에 비춰보면, 무엇이든 젊은 시절에 쌓은 경험만큼 좋은 게 없지 싶다.

여행도 마찬가지였다. 여행도 나이가 든 후 하게 되면 좀 심드렁한 면이 없지 않다. 어지간히 새로운 것을 보지 않고서는 별로 감흥을 느끼지 못하고, 또 새로운 음식을 맛보거나 특이한 체험을 하는 것을 그다지 달가워하지 않게 된다. 나이가 들어서 세상의 이치를 조금씩 이해하고 마음이 넓어지는 것은 좋으나 매사에 크게 좋거나 싫은 것이 하나 둘 없어지는 것은, 때로 안타깝고 눈물겹다.

어쨌든 이런 이유 등으로 가장 열정적이고 무엇을 봐도 호기심으로 반짝거리는 눈빛을 가졌을 때, 먼 미지의 곳으로 여행을 떠나라! 오감을 열고 낯선 세상에서 만

나는 그 어떤 것도 열린 마음으로 받아들일 준비를 하고 여행을 떠난다면, 현실로 돌아왔을 때 굉장히 값진 그 무엇을 안고 돌아오게 될 테니 말이다. 내 여행들이 그러했던 것처럼…….

내게 여행은 곧 인생 자체이며 디자인과 예술의 일부분이다. 모든 나라는 각기 다른 방식으로 내게 영감을 준다. 영감은 한순간에 찾아오는 것이 아니라 디자인, 학습, 관찰 경험으로 다져온 20년의 커리어가 축적된 결과이다. 이 모든 것을 아우르며 예술적 영감을 가장 많이 안겨주는 것도 여행이다.

스물, 서른, 마흔에는 이러이러해야 한다는 강박에서 벗어나 삶에 대해 유연해지면 나이에 상관없이 살 수 있다. 젊다는 것, 성숙하다는 것은 모두 상대적이다. 내가 뉴욕에서 만난 뉴요커들이 그랬다. 뉴욕에서 열심히 산다는 건 자기가 하고 싶은 일을 하는 것이다. 뉴요커는 자기가 어떤 사람이고, 무슨 일을 하고 싶다고 말할 수 있는 사람이다.

세상은 좁아지고 있다. 정치, 사회, 역사 그리고 파벌주의적인 시한에 방해받지 않으면서 문화를 인식하고 자유롭게 사고하는 유일한 방식이 바로 글로벌global이다. 새로운 글로벌 시대에서 지역적local 사고는 자유로운 영혼과 진정한 창조적 사고의 최대 적이다.

나는 여행을 하면서 국제적인 스타일이 따로 존재한다는 생각이 시대에 뒤떨어진 사고라는 사실을 깨달았다. 세상은 한 땀씩 동시에 떠가는 '스타일의 레이스'다. 그 레이스가 겹겹이 모여서 세계가 이루어진다. 그 레이스의 겹이 지역별로 나눠지는 게 아니다. 문화와 인종, 믿음 그리고 가치가 서로 한 땀씩 섞여서 이뤄진다. 우리는 글로벌 사고를 가져야 한다. 나는 더 이상 '지역적'인 것은 없다고 믿는다.
무료한 일상의 탈출을 꿈꾸는 자라면 럭셔리 풀 리조트의 여행을 계획할 것이고, 아이디어 부재를 느끼는 패션 피플이라면 예술의 도시 파리를, 뮤직과 힙플레이스에 목말라 하는 클러버라면 런던과 뉴욕의 클럽 투어를 꿈꿀 것이다.
문화를,
패션을,
비즈니스를,
세상을 논하는 자라면 여행을 떠나라.
여행이 스타일이다.

장인의
마음으로

대학 다닐 때 어느 일본 사람의 특강을 들은 적이 있었다. 너무 오랜 시간이 지나버려서 그 강연의 전체적인 내용은 떠오르지 않는다. 그러나 우리나라 문화재에 대해 흥분을 하며 극찬을 하던 그 사람의 얼굴이 오래도록 잊히지 않고 있다. 그는 일본 사람인데도 불구하고 우리나라 문화재에 푹 빠져 있었다.

우리나라 문화재에 무엇 특별한 것이 있기에, 이방인의 눈을 그토록 매료시켰을까.

분명 무언가 특별한 아름다움이나 고귀함을 갖추고 있었기 때문일 것이다. 질도 좋고, 멋도 나고, 두고두고 보아도 질리지 않으니까 그랬을 것이다. 아마 장인이 만든 제품에 깃든 혼이, 오랜 세월 속에도 그 문화재를 빛나게 보존해주었기 때문일 것이다. 그 장인의 혼이 결국 물건을 명품으로 만들어주는 것이다.

하지만 우리는 지금, 어느 분야에서나 장인이나 대가가 상실한 시대를 살고 있는 것은 아닐까. 쉽게 돈을 벌기 위해 남의 아이디어를 훔치고, 그래서 곳곳에 짝퉁이 난무하는 세상이다. 변화무쌍하게 변하는 유행이나 좇아다니며 가볍게 살고 싶어 한다. 그래서 우리 시대는 '명품'이 더 귀하다.

가깝게는 일본, 멀게는 이탈리아, 프랑스 등에는 명품이 많다. 그만큼 장인이나 대가도 많다. 한 분야에서 한 우물만을 팠던 사람들이 결국 대가가 되고 끝내 명품을 만들어낸 것이다. 그리고 그것은 자신에게서 그치는 것이 아니라 아들에게, 또 그 아들의 아들에게 대를 이어 내려간다. 그러다 보면 그 세월 속에서 기술은 더 발전하고 정통성은 더욱 강력해질 수밖에 없다. 우리네 가벼운 삶과는 자못 다르다. 무겁고 깊이가 있다.

나도 이런 장인의 마음으로 옷을 만들겠다는 생각을 한 것이 이제 불과 10년 되었다. 그 전에는 그냥 내가 만들고 싶은 옷을 만드는 것이 '장땡'이라는 생각이었다. 그게 전부인 줄 알았다. 그러나 내 브랜드가 세월과 함께 어떤 정통성을 가질 것이라는 생각이 들자, 더럭 겁이 났다. 뭔가 책임감을 갖고 옷을 만들어야 한다는 생각이 들면서 무척 조심스러워졌다. 그때부터 나는, 옷을 대하는 내 태도가 달라졌음을 느꼈다. 한 시대를 풍미하고 끝나는 옷을 만들 게 아니라, 오래도록 입어도 질리지 않고, 다정한 친구 같으면서도 섹시한 애인 같은 그런 옷을 짓는 옷의 장인이 되고자 했다.
그때나 지금이나 장인의 마음으로 옷을 짓겠다는 마음에는 변화가 없다. 아니, 더 굳건한 마음가짐을 갖게 되었다. 우리는 여전히 '장인 상실의 시대'를 살고 있는지 모르니까.

tr slub span
Chung
nam
knit

카루소,
내 옷
이야기

"선생님! 이런 색감은 어떻게 정하신 거예요? 이런 색감은 처음이에요."
옷을 좀 안다는 친구들 중에는 내 옷의 색감을 갖고 감탄하는 사람들이 많다.
그렇다. 내 옷은 특히 색감이 뛰어나다. 사람들은 남다른 내 색감이 어디에서 비롯되는지 그 비법을 공개해달라고 하지만, 그것은 아마 내가 순수 미술을 전공하며 자연스럽게 터득한 결실이 아닐까 생각된다.
옷에서 색감은 절대적이다. 디자인이 아무리 뛰어나도 색감이 떨어지면 그 옷은 바로 아웃이다. 옷을 보며 사람이 제일 먼저 감지하는 건 디자인도 아니요, 실루엣도 아니요, 바로 색감이기 때문이다.
이런 중요성을 누구보다 잘 아는 나이기에, 나는 원단을 고르는 시간을 꼭 오전으로 정한다. 밤에는 절대 원단을 고르는 법이 없다. 언제나 자연광에 원단을 놓고 색을 고른다. 그래야만 정확하고도 미세한 색의 차이를 감별할 수 있기 때문이다.
옷을 맞출 때는 케이스 바이 케이스에 맞추어 유연하게 작업하는 것이 중요하다. 우선 체형과 비례 등 몸이 좋은 사람이 찾아오면 최대한 몸에 옷을 맞추어 장점을 살린다. 키가 작거나 몸이 왜소한 사람은 일부러 한 치수 크게 옷을 제작한다. 자칫 나이 든 어른이 주니어복을 입은 것처럼 볼품없이 보일 수 있기 때문이다.
뚱뚱한 체형은 최대한 가볍고 편안하고 늘씬하게 제작하는 게 관건이다. 특히 사이즈를 잴 때 약간의 센스를 발휘해 허리사이즈가 42인치라면 39인치라고 말하는 등 속임수를 쓰기도 한다. 그 사람 앞에서 뚱뚱하다는 말은 절대 하지 않는다. 이런 약간의 배려는 당사자의 기분은 물론 자신감까지 가져온다. 물론 혼자 남게 되었을 때 실제 사이즈로 계산해서 작업하는 수고로움은 내 몫이지만 말이다.
예술가들은 자신이 추구하는 예술을 통해 자신의 사상이나 철학을 투영한다. 화가는 그림에, 작곡가는 음악에, 발레리나는 춤에 그것을 반영한다. 나는 패션 디자이너이다. 그러니 나의 미학이나 철학을 옷에 반영할 수밖에 없다.
비록 나는 서양 복식을 하는 사람이지만 한국적인 것을 사랑한다. 특히 민화나 한옥의 선, 선비정신, 풍류 등 우리나라의 전통적인 것을 아주 좋아한다. 한국의 미는 수수한 위트와 기품을 지녔다. 색이 너무 진해서 어색한 태국이나 중국, 일본의 옷에 비해 한국의 것은 어디에 두어도 잘 어울리는 미덕을 지녔다. 그러다 보니 이런 것들을 나는 서양 복식 속에 재배치하고 반영한다. 하지만 너무 한국적인 것을 고수하고 그것을 넘치게 반영하다 보면 자칫 촌스러울 수 있다. 그래서 나는 이것들은 아주 적절하게, 보일 듯 말 듯 트릭을 부리며 반영한다. 또한 나는 우리나라 앤티크 못지않게 유럽의 앤티크에 대한 엄청난 동경을 갖고 있다. 그것 역시 내 옷에 자연스럽게 배치된다. 말하자면 내 옷은 유럽의 클래식한 정신 위에 한국의 전통이 아스라이 조화를 이루고 있다.

옷에서 중요한 것 중 또 하나가 바로 라인(선)이다. 나는 로마의 문명이나 문화를 좋아하는 내 취향을 옷의 라인에 반영했다. 그러나 그 라인 속에는 한복의 라인, 두루마기의 라인도 반영된다. 동서양의 문화가 믹스된 라인이 바로 내 옷의 라인이다. 그래서 겉으론 무뚝뚝해 보이는 옷이지만, 속 안감을 들춰보면 너무도 섹시함이 느껴진다. 웅장한 느낌의 거대한 로마 기둥이 떠오르기도 하면서, 전체적으로 심플하고 단아한 한복의 느낌이 들기도 한다. 이런 이중적인 매력이 내 옷의 특징이다.

나는 디테일하면서도 과감하고 오묘한 색감. 고전적인 것에 기본을 두고 약간의 엉뚱한 유머를 내뿜고 있는 것이 '장광효 카루소'가 가진 매력이라고 생각한다.

격식을 따지느라 숨쉬기를 멈춰버린 건조한 패션이 아니라, 남성미를 지나치게 강조하지 않으면서도 주변의 환경과 조화를 이루며 스스로 숨쉬는 듯한 디자인이 바로 내 옷 '카루소'이다. 또 내가 추구해온 옷이며, 앞으로 내가 추구해나갈 옷이다.

유니폼도
장광효가
만들면
특별하다!

내가 대기업 디자이너로 일하다 간절히 개인 브랜드를 만들고자 했던 첫 번째 이유는 바로 개성의 자유로운 표출이었다. 대기업에 소속된 디자이너로 일하다 보니 내 맘대로, 내 꼴대로, 마음껏 자유롭게 디자인을 할 수 없었다. 제약이 많았다. 아무래도 대량 생산의 기성복을 만들어 보다 많은 사람들에게 입히려다 보니 튀지 않고 무난한 디자인을 원했다. 그런 자유의 억압이 싫어 회사를 뛰쳐나온 나였다. 그런 내가 유니폼을 만들게 되다니!

나는 1988년 서울지하철공사 유니폼을 시작으로 1993년 대전엑스포 유니폼, SK텔레콤과 TTL 대리점 유니폼, 신세계 E마트 유니폼, 외환은행 유니폼 등을 제작했고, 특별히 대통령 전용1호기 승무원 유니폼 등을 제작했다.
유니폼 제작은 기성복을 만드는 일과 비슷한 점도 있었지만 또 많이 다른 작업이었다. 디자이너가 자기 맘대로 디자인을 하는 것이 아니라 그 업체의 그간의 이미지와 각종 요구 사항을 들어주며 제작을 해야 하는 제약이 따랐다.
서울지하철공사 유니폼 제작을 맡았을 때, 나는 유니폼에 밝고 경쾌하고 스피디한 느낌을 담고 싶었다. 그래서 밝은 원색 계열의 원복을 제작하려 했지만 CEO의 반대로 제지당했다. 디자이너로서 내 안목이 아무리 탁월하다 하더라도 의뢰한 고객이 반대하면 나로서도 어쩔 수 없는 노릇이었다. 그래서 결국 CEO가 보기엔 무난하고 차분한 색상으로, 내가 보기엔 좀 칙칙한 색상으로 정해졌다.
'이 옷을 입을 사람은 젊은 사람들인데, 젊은 사람들은 밝고 화사한 색을 더 좋아할 텐데. 하지만 디자인이나 색상의 결정을 기업의 중진들이 하니까 나로서도 어쩔 수가 없구나.'
하지만 세월이 흐르고 시간이 지나면서 유니폼에 대한 결정권도 대표가 아닌 그 옷을 입을 사원에게로 넘어가게 되었다. 점점 젊은이들의 개성이 강해지고 자기 주장을 거리낌 없이 표출하다 보니 생긴 변화였다. 기업의 유니폼을 디자인해줄 디자이너 선정에서부터 유니폼의 색상이나 디자인 결정도 모두 젊은 사원들의 투표를 통해 결정되었다.
그래서 사실 내 입장에서는 오히려 유니폼을 디자인하기가 더 어려워졌다. 기업을 대표하는 컬러와 콘셉트 등은 이미 정해져 있고, 젊은 직원의 개성은 더없이 강해진 것이 그 이유이다.

'유니폼이지만 유니폼스럽지 않게 만드는 것이 관건인데. 그러면서도 기업의 이미지를 해치지 않아야 하고.'

이렇게 늘 고민하며 유니폼을 제작했다. 그런데 한번은 어느 기업에서 이토록 심사숙고하여 만든 유니폼에 대해 불만이 접수되었다.

"장 선생님, 선생님이 만든 유니폼에 대한 사원들의 불만이 많아요. 어떻게 하지요?"

유니폼을 의뢰했던 담당 직원이 나에게 전화를 걸어 걱정스럽게 말했다.

"아, 그래요? 그럼 제가 직접 나서야겠군요. 각 대리점마다 대표 직원을 모아줄 수 있으세요?"

나는 그 기업의 직원들을 모아놓고 그 앞에서 내가 만든 그들의 유니폼에 대해 조목조목 설명을 하는 시간을 가졌다. 유니폼 디자인 하나하나의 의미와 옷을 만들 때의 내 심정과 옷에 대한 나의 철학 등을 자세히 설명을 해주었다. 해명의(?) 시간이 끝나자 직원들이 일어나 박수를 치며 내 말에 공감을 보내주었다. 그리고 다시는 불평을 하지 않았다.

현재도 내가 만든 유니폼을 입고 일하고 있는 곳은 신세계 E마트와 외환은행이다. 두 곳 모두 내가 자주 드나드는 곳으로, 특히 E마트는 주말마다 장을 보러 간다.

일주일치 장을 보고 물건을 사고 계산을 하러 계산대에 서 있다 보면, 가끔 계산대 직원이 나를 알아보고 웃었다. 그리고는 대뜸 계산을 하다 말고 자신의 옷을 가리키며 말했다.

"선생님, 이 옷은 주머니가 여기 있어서 좀 불편해요."

"아, 미안해요. 제가 미처 그 점을 생각하지 못했나봅니다. 다음에 만들게 되면 그 점을 잘 참고할게요."

나는 정말 미안한 마음이 들어 계산대 앞에서 괜스레 안절부절못했다.

또 한번은 더운 여름날 그곳 직원이 내가 만든 옷을 입고 땀을 뻘뻘 흘리며 물건을 정리하고 있었다. 그걸 보다가 괜스레 내 마음이 짠해졌다.

'내가 너무 덥게 만들어줬나. 통풍이나 환기에 좀더 세심하게 신경을 써줘야 했는데.'

또 어떤 날은, 일부러 내가 장난스럽게 직원에게 묻곤 했다.

"저기, 그 옷 누가 디자인했는지 아세요?"

그러자 직원은 의미 있는 웃음을 흘리며 말했다.

"바로 앞에 계신 분이지요."

외환은행을 가서도 그렇다. 내가 고심하여 만든 옷을 입고 열심히 일하고 있는 그곳 직원들을 보고 있으면 묘하게 기분이 좋아진다. 어쩌면 이것이 유니폼을 만드는 디자이너의 보람인지도 모른다.

독서는
나의 힘

어린 시절의 나는 책벌레였다. 일찍 한글을 깨친 후 줄곧 책 읽는 습관이 몸에 밴 나는 초등학교를 졸업할 무렵에는 도서관의 책을 모조리 읽었을 정도였다.
지금 생각하면 그때 경험한 독서의 힘으로 여기까지 온 게 아닐까 싶다. 사유하는 힘은 물론, 예술에 대한 열망, 인간의 삶을 성찰하는 인문학적 사고까지 모두 그 시절에서 비롯된다.
남다른 감수성을 확인했던 일화가 있다. 당시 내가 다니던 초등학교에는 일주일 중 하루는 수업 대신 하루 종일 독서만 하는 시간이 있다. 일명 '독서의 날'이었다. 아마 아이들에게 독서하는 습관을 길러주기 위해 마련한 시간일 것이다. 나는 책읽기를 즐겼기에, 특히 이 날을 좋아했다. 게다가 이 날은 도서관 책을 가져다 읽는 것이 아니라, 각자 자기 집에서 읽을 만한 좋은 책을 가져다가 반 친구와 서로 교환해서 읽도록 했다.

'이야, 이번엔 누가 어떤 좋은 책을 가져올까. 정말 기대된다.'

도서관에 꽂혀 있는 웬만한 책은 이미 다 섭렵했던 나는, 친구들이 가져오는 책에 언제나 눈독을 들이며 잔뜩 기대를 했었다. 그때 어떤 친구가 『플란다스의 개』를 갖고 왔다. 그동안 한국전래동화 외에 외국동화를 접할 기회가 적었던 나는, 얼른 이 낯선 이름의 책을 집어들었다.

'플란다스의 개? 플란다스는 어디에 있는 곳일까? 그곳에 사는 개의 이야기인가?'

호기심이 많았던 나는 '플란다스'라는 낯선 지명부터가 궁금했다. 첫 장을 펼치고 책을 읽어나갔다.

네로라는 착하고 정직한 고아 소년과 파트라슈라는 개가 주인공이었다. 그리고 나는 책 속으로 빨려 들어갔다. 지금껏 읽었던 수많은 책과는 사뭇 다른 느낌이었다. 그야말로 온전한 몰입이었다. 얼마의 시간이 흘렀을까. 네로의 유일한 혈육, 할아버지가 돌아가셨다.

'우리 네로는 이제 누가 돌봐주나. 하지만 착한 네로에게는 파트라슈가 있으니까. 분명히 파트라슈와 행복하게 잘 살게 될 거야. 이렇게 착한 네로는 불행해지면 안 돼. 절대로!'

하지만 이 책의 작가는 내 희망과는 반대로 이야기를 마무리지었다. 집세를 내지 못해 추운 겨울 집에서도 쫓겨나게 된 네로와 파트라슈는, 그토록 보고 싶었던 루벤스의 멋진 명화가 있는 성당 안으로 들어가 잠시 추위를 잊었다. 그리고 추위와 배고픔을 견디지 못하고 끝내 얼어 죽고 말았다. 이게 동화의 마지막이었다.

책을 접고 나는 내 여리디여린 기대가 무참히 짓밟혔다는 생각이 들었다. 그리고 이루 말로 다 표현할 수도 없을 만큼, 어린 내가 감당하기에는 너무나 벅찬 크나큰 슬픔 앞에 어찌할 바를 몰랐다. 그냥 펑펑 울었다.

나는 너무 동화에 몰입한 나머지 마치 네로와 파트라슈의 상황을 실제의 일로 착각했다. 물론 내가 네로의 불행에 감정적 동화를 느낄 수 있었던 데에는, 나의 현실도 크게 작용했다. 네로처럼 고아는 아니었지만 네로 또래의 나이에 나 역시 부모님과 가족들과 멀리 떨어져 홀로 서울에 유학 온 상황, 또 모든 것을 혼자 헤쳐 나가야 하는 외로운 현실, 그리고 그림을 잘 그리는 설정 등이 나와 너무 흡사했다. 그래서 나는, 그 어떤 어린이보다 네로가 행복하기를 바랐던 것이다. 네로와 파트라슈를 잃은 내 슬픔은 한동안 오래 지속되었다. 현재까지 잊히지 않는 슬픔으로 남아 있을 정도니 말이다.

중학생이 되고 사춘기가 찾아오면서는 더욱 깊은 생각 속으로 빠져들었다. 생각은 늘 또 다른 생각을 낳았다. 생각이 깊어지자 나는 자연스럽게 인간의 내면 심리에 대한 궁금증으로 옮겨갔다. 그리고 이유 없는 잦은 음울함이나 고독이 출몰하기도 했고, 그런 이야기를 누구와도 허심

탄회하게 말할 수 없어서 더 외로웠다.
그때, 학교 도서관의 한 구석에서 도스토옙스키의 단편 소설 『지하생활자의 수기』를 발견했다. 나는 오래도록 방치된 채 누군가의 손길을 기다리고 있는 듯 얌전하고 다소곳하게 꽂혀 있는 그 책을 집어 들었다.

나의 생활은 음울하고 방탕하며 야생에 가까울 만큼 고독했다. 나는 아무하고도 교제하지 않고, 말을 주고받는 것조차 피하면서 점점 나의 구석진 세계로 기어들었다.

무슨 책인가 싶어 뒤적거리다 스치듯 발견한 이 문장. 이 두 문장에 매료되어 나는 그만 선 채로 그 책을 읽어나갔다. 수업 종이 울리는 것도 잊은 채, 오래된 책으로 뒤덮인 도서관의 어두침침한 구석에 서서 책 속으로, 천재 문호 도스토옙스키의 문학 속으로 깊이 깊이 빠져들었다. 그리고 그야말로 삼키듯이 그 책을 다 읽어버렸다.
문학사에 그 유례를 찾아보기 힘들 정도로 긴 독백 형식으로 쓰인 이 작품을 읽으며, 나는 그 치밀하고도 내밀한 심리묘사에 경악을 금치 못했다. 사춘기의 예민한 소년이었던 나는, 러시아의 대문호 도스토옙스키에게 단숨에 경도되었다. 그후 『죄와 벌』, 『백치』, 『악령』, 『카라마조프의 형제들』 등 그의 장편까지도 모두 섭렵하기에 이르렀다.

특히 『죄와 벌』을 읽은 후에는, 도저히 이것이 인간이 썼다고 믿어지지가 않아 일주일이 넘도록 멍한 상태로 지내기도 했다. 그리고 그를 칭해 '러시아가 낳은 악마적인 천재'라는 막심 고리키의 말도, '도스토예프스키는 내가 무엇인가를 배울 수 있었던 단 한 사람의 심리학자였다. 그는 내 생애에서 가장 아름다운 행운 가운데 하나이다'라고 말한 바 있는 니체의 그 심정도, 그즈음 비로소 충분히 이해할 수 있었다.

그리고 나는 또 궁금했다. 이런 대문호를 낳은 러시아란 나라가, 당시 공산체제하에 속내를 드러내지 않고 꽁꽁 문을 걸어 잠근 그 나라가 너무 궁금했고, 언제고 꼭 한번 가리라는 열망도 가졌다. 도스토옙스키는 내 사춘기를 지탱하게 한 또 하나의 힘이었다.

사람은 누구나 힘이 되는 말 하나쯤은 가지고 있어야 한다고 생각한다. 나를 지탱해주는, 버티게 하는 힘이 되는 훌륭한 작품도 물론 가까이 두고 말이다.

VOGUE
PARIS ARCHITECTURE & DESIGN
YOUNG ARCHITECTS AMERICAS
NEW MINIMALIST HOUSES
365: INTERIORS
365: INTERIORS
ANOTHER MAGAZINE
ARCHITECTURE IN SPAIN
SPAS
ARCHITECTURE
APARTMENTS

이류의 삶을 감내한다는 것

사람들은 누구나 일류를 지향한다. 자기 분야에서 최고가 되기를, 잘한다는 찬사를 듣기를 바란다. 하지만 막상 일류의 삶으로 진입한 다음엔 영원히 그곳에 머물 수 있으리라는 착각을 한다. 그렇다 보니 일류가 되는 고된 경험보다, 다시 평범한 삶으로 돌아가는 것을 못 견디는 게 사람 마음이다. 한때 인기 좋던 연예인이 자신의 인기가 떨어지는 것을 받아들이지 못해 정신과 치료를 받거나 심하면 자살에 이르기도 하는 것을 보아도 말이다.

어린 나이에 서울까지 유학을 올 정도로, 공부 잘한다는 소리를 들었던 내게도 '나는 항상 최고다, 나는 특별하다'라는 생각이 은연중 있었던 것 같다. 어느 순간 평범해지는 나 자신을 보면서 나는 정말 견딜 수 없을 정도로 괴로웠다. 더욱이 이 추락이 자의에 의해서 이루어지지 않았으니 말이다.
중학교 2학년 체육시간. 철봉 매달리기를 하다가 그만 바닥에 그대로 고꾸라진 사고를 당했다. 정신을 차리고 일어났을 때, 가슴이 뻐근하게 좀 아렸지만 병원을 가지 않았다. 아마 그 날부터였을 것이다. 내 가슴에 물이 차오르기 시작한 것이.
철봉에서 떨어진 사건이 있은 후부터, 나는 조금씩 몸에 이상징후를 느꼈다. 먼저 옆구리 쪽이 저리며 아프기 시작했다. 심할 땐 몸을 움직일 때마다 가슴에 통증이 감지되었다. 그래서 좀 불편한 자세로 걸어다니곤 했다.
"광효야, 어디 아파? 왜 그렇게 뻣뻣하게 걸어다녀?"
주변 사람들이 걱정스럽게 물어올 때는 애써 웃어 보이며 아무렇지 않다고 얘기했다. 시시콜콜한 말을 했다가는 부모님께 그대로 전해질 것 같아 조심스러웠기 때문이다. 부모님을 걱정시키고 싶지 않았다. 그리고 또 아직까지는 참을 만했다.
의젓하게 아무리 힘든 일도 잘 견디는 것을 미덕으로 알던 나였다. 결국 이런 쓸데없이 강한 내 참을성과 인내심이 몇 달 후 미련한 결과를 야기하고 말았다. 철봉에서 떨어진 지 3개월쯤 지났을 무렵이다. 이젠 아픈 것도 이력이 났는지, 나는 더 잘 참고 잘 견뎠다. 그런데도, 그렇게 참을성이 강했던 내가 도저히 견디지 못할 만큼의 고통이 찾아왔다. 그때는 이미 누가 봐도 병색이 짙어 있었다.
담임선생님의 강압으로 나는 병원으로 향하게 되었고, 의사는 '늑막염'이라고 진단하고는 곧 수술을 해야 한다고 했다.

"늑막염요? 수술을 해야 한다고요?"

늑막염이란 진단과 수술을 해야 한다는 의사의 말에 나는 두려움으로 떨었다.

"쉽게 말하면 늑막에 물이 고였다는 말이야. 수술은 그 고인 물을 빼내는 거지. 너무 걱정 마라. 어서 부모님이나 보호자에게 연락해서 병원으로 오시라고 해라."

부모님은 너무 멀리 계셨고, 보호자도 없었다. 나는 혼자였다. 혼자 수술대에 올랐다.

의사는 내 옆구리에 큰 주삿바늘을 끼웠다. 수술이라고는 했지만 마취도 없었다. 두꺼운 주삿바늘이 내 몸을 관통했다. 무척 아팠다. 그리고 그 주사기로 늑막에 고인 물을 빼내기 시작했다. 물은 쉴 새 없이 몸 밖으로 쏟아져 나왔다.

'저렇게 많은 물이 내 몸 속에 고이고 고여 끝내 홍수가 날 때까지 참았단 말인가.'

한참 후 늑막에 고였던 물을 모두 빼냈다. 세숫대야로 두 동이는 족히 넘어 보이는 양이었다. 수술은 고통스러웠지만, 가슴 속의 물이 다 빠져나오니 그래도 살 것 같았다. 개운했다.

늑막염 치료는 물을 빼는 것만으로 끝나지 않았다. 지속적으로 항생제 주사를 맞아야 했다. 독한 약도 함께 복용해야 했다.

중학교 2학년, 열다섯 살. 한창 성장할 시기에 항생제 주사와 독한 약의 복용은 성장을 저해하는 데 아주 지대한 영향을 끼쳤다. 남들이 듣기 좋은 말로, 작고 아담하니 보기 좋다 말하는 지금의 내 작은 키는, 아마 이때의 치료 때문에 덜 자란 탓이리라. 또 항생제와 독한 약은 신체적인 성장에만 나쁜 영향을 준 것이 아니었다. 언제부턴가 집중력이 떨어지는가 싶더니, 수업시간에 금방 배운 내용도 통 기억이 나지 않았다. 물론 매사에 의욕도 떨어졌다.

'내가 왜 이렇지, 예전엔 이렇지 않았는데…….'

항생제 때문이었다. 장기적인 항생제 치료로 인해 기억력 감퇴와 집중력 저하를 야기한 것이다. 성적은 아래로 아래로 곤두박질쳤다. 공부 잘해서 훗날 판검사 되라던 아버지의 오랜 바람은 아무래도 이쯤에서 접어야 할 듯싶었다. 아버지께도 송구한 마음이 들었지만, 그동안 오직 한 곳을 향해 달려가던 내 꿈이 한순간 와르르 무너져 내린 것이 나를 더 슬프고 절망적으로 만들었다.

결국 대학입시에서도 원하는 대학에 가지 못하고 재수를 하게 되었다. 내 인생은 끝난 것이라 생각했다. 실제 한강에 뛰어들려고 길을 나서기도 했다. 하지만 그때 모든 걸 포기했으면 어쩔 뻔했겠는가. '대한민국 최초 남성복 디자이너'의 꿈은 결코 이루어지지 못했을 것이다.

난 요즘도 대학에 특강을 나가거나 젊은 친구들을 만나게 되면 이야기한다. 현재 상태가 내 마음에 흡족하지 않다고 불만에만 빠져 있지 말 것! 특히 나처럼 과거의 알량한 한때에 매달리는 친구들에게는 더욱 혹독하게 이야기한다. 지금 너의 인생은 미래를 돌보기만도 바쁘다고. 대학에 들어온 것이 다가 아니라고 말이다.

일단 현 상황을 받아들여라. 이류의 삶을 받아들이고 감내하다 보면 일류가 되는 기회는 또 충분히 온다. 인생은 길고 좌절은 짧다!

나의 '큰 바위 얼굴'

기억도 못하는 아주 어린 시절, 평소 우리 집안과 잘 알고 지내던 스님이 우리 집에 잠시 들른 적이 있다. 그리고 '장차 이 집 형제 중 세상에 널리 이름을 알릴 인물이 있을 것'이라는 말을 남기고 떠나셨다.

이후 부모님은 우리 네 형제들이 한 자리에 모일 때마다 '누가 세상에 널리 이름을 알리는 사람이 될까?'라며 입버릇처럼 물으셨고, 막내였던 나는 그 어린 와중에도 '그 사람은 바로 나야. 나는 분명 큰 인물이 될 거야' 하며 입술을 앙 다물었던 기억이 있다. 이후 공부를 잘해 서울에 유학까지 오게 되었지만, 사춘기 시절 늑막염의 시련을 겪으면서 스님의 예언과는 점차 멀어지는 것처럼 보였고, 더불어 그 다짐도 서서히 잊고 있었다.

디자이너로 성공한 후 나는 아내와 함께 미국 여행을 가게 되었다. 그러면서 우리에게는 '큰 바위 얼굴 산'으로 유명한 미국 사우스다코타 주의 러시모어 산을 지나치게 되었다. 워싱턴, 링컨, 루스벨트 등 역대 미국 대통령의 커다란 얼굴을 보면서 불현듯 진짜 『큰 바위 얼굴』의 이야기가 떠올랐고, 이어서 나의 어린 시절도 떠올랐다.

너대니얼 호손의 단편소설 『큰 바위 얼굴』은 마을의 전설처럼 내려오는 '큰 바위 얼굴'의 이야기를 어머니에게 들은 소년이 이를 동경하다 훗날 자신의 얼굴이 그와 같아져 있음을 발견하게 되는 내용이다. 그런데 그건 바로 나의 이야기이기도 했다. 큰 바위 얼굴의 전설처럼 스님이 우리 집에 두고 간 말씀이 어린 시절의 나를 사로잡았고, 어느 순간 나는 그 예언대로 되어 있었던 것이다. 그 사실을 깨달은 순간, 가슴 한 구석이 저릿한 느낌을 받았다. 내게 이토록 아름다운 꿈을 심어준 부모님이 생각났다.

어머니는 열일곱에 동갑내기 아버지를 만나 결혼을 하고 우리 오남매를 낳았다. 아버지는 미남에 클래식 음악과 독서하는 것을 즐기신 인텔리였고, 어머니는 지고지순하고 순박한 시골 여인이셨다.

현재 팔순을 훌쩍 넘기고 구순을 향해 가시는 연세의 내 어머니는, 그때나 지금이나 당신 자신은 돌보지 않으시고 오직 자식이 잘되기만을 바라는 분이다. 당신 자식이 유명한 디자이너가 되었다고 좋아하셨고, 유명해질수록 더 겸손한 마음을 가져야 한다고 언제나 당부하신다. 또한 미(美)를 아시는 분으로 디자이너인 나에게도 외모적인 것에 있어 충고를 아끼지 않으신다.

"광효야, 요즘 너 얼굴에 살이 좀 붙은 것 같다."

어머니가 내 볼에 손을 갖다 대며 심각한 표정을 지으며 말씀하신다.

"엄마, 어떻게 아셨어요? 연세도 많은 노인이, 눈썰미도 좋으셔서는."

"너는 유행인가 뭔가를 만들어내는 디자이너라면서. 좀더 날렵하게 보이도록 살 좀 빼고 신경 좀 써!"

심지어 찢어진 청바지나 원색 계열의 튀는 색상의 옷도 마구 권했다.

연세가 지긋한 어머니로부터 이런 충고를 들을 때마다, 내 디자이너로서의 감각은 아마도 이런 어머니에게서 비롯되지 않았나 생각한다.

아버지는 특히 아들 형제 중 막내아들이었던 나를 무척 예뻐하셨다. 영특했던 나는, 학교도 들어가기 전 아버지 무릎에 앉아 한글도 배우고 한자도 익혔다.

"광효야, 어디 가냐? 이리 와라. 아버지랑 책 읽어야지."

동네 친구들과 뒷산에서 칼싸움을 하려고 신발을 신고 있는 나를, 대청마루에 앉아 계시던 아버지가 불러 세우셨다.

"아버지, 저기, 윗동네 아이들과 대결하기로 약속했어요. 제가 꼭 나가봐야 하는데요……."

막내아들인 나는 감히 형님들은 상상도 못할 말대꾸를 하며 아버지 말씀을 되받아 쳤다. 그러면 아버지는 대청마루 선반 위에서, 내 손이 닿지 않는 곳에 넣어 둔 박하사탕 하나를 흔들어대며 달음질치던 나를 멈

칫하게 만들었다.

단 것 앞에 자유로울 수 있는 동심이 몇이나 될까. 나는 박하사탕의 유혹을 이기지 못하고 어느새 아버지의 무릎 위로 앉았다. 그리곤 박하사탕 하나를 냉큼 입 안으로 집어넣고는 큰 소리로 책을 읽었다. 아버지는 내게 책 읽는 습관이 몸에 배게 만들어주셨다.

그리고 또 하나, 지금도 아릿한 마음으로 기억하는 아버지에 대한 한 장면.

지독히도 추운 겨울이었다. 며칠째 감기로 골골하던 내가 끝내 큰 열병으로 심하게 앓아눕고 말았다. 어머니의 지극한 간호로 열이 좀 내리나 싶었는데, 그 밤 나는 열병으로 온 몸이 불덩이처럼 펄펄 끓었다. 다급한 마음에 아버지는 일단 나를 들쳐 업고는 들판을 지나 한참이 걸리는 병원으로 내리달렸다. 칠흑 같은 어둠 속에서 나는 아버지 등에 업혀 식은땀을 흘렸다. 아버지는 달리면서 계속 말을 걸었다.

"광효야, 광효야. 조금만 참아. 이제 곧 병원이야. 조금만 더 참아라. 내 아들아."

일곱 살의 나는 아버지의 따뜻한 등에 업혀 절절한 부정을 느꼈다.

그런 아버지는 내가 대학을 다니던 시절에 60년도 채 못 살고 돌아가셨다.

'아버지, 약주 한 잔이라도 내가 번 돈으로 사 드릴 수 있을 만큼만 사시지. 그럼 제 마음이 이렇게까지 아프지 않을 텐데요.'

아버지를 장사지내고 돌아오며 나는 못내 안타까웠다. 그날 밤, 내 일곱 살의 겨울날, 달디단 꿀처럼 줄줄 흘러넘쳤던 아버지의 애끓는 부정(父情)이 떠올라 더 마음이 아팠다.

나는 요즘도 박하사탕만 보면 본능적으로 아버지 생각이 난다. 그리고 아버지를 떠올리게 하는 이 시를 보면 울컥한 마음이 든다. 김종길 시인이 쓴 〈성탄제〉라는 시 속에 나와 내 아버지의 그 겨울 이야기가 고스란히 녹아 있는 듯하다.

성탄제

김종길

어두운 방 안엔
바알간 숯불이 피고,

외로이 늙으신 할머니가
애처로이 잦아드는 어린 목숨을 지키고 계시었다.

이윽고 눈 속을 아버지가 약을 가지고 돌아오시었다.
아, 아버지가 눈을 헤치고 따오신
그 붉은 산수유 열매

나는 한 마리 어린 짐승,
젊은 아버지의 서느런 옷자락에
열로 상기한 볼에 말없이 부비는 것이었다.

이따금 뒷문을 눈이 치고 있었다.
그 날 밤이 어쩌면 성탄제의 밤이었을지도 모른다.

어느새 나도
그때의 아버지만큼 나이를 먹었다.

옛 것이라곤 찾아볼 길 없는
성탄제 가까운 도시에는
이제 반가운 그 옛날의 것이 내리는데,

서러운 서른 살 나의 이마에
불현듯 아버지의 서느런 옷자락을 느끼는 것은,

눈 속에 따오신 산수유 붉은 알알이
아직도 내 혈액 속에 녹아 흐르는 까닭일까.

Photo by 박광석 © 월간 Traveller

CHANG
KWANG
HYO

SHOW, 숄 카라 JK
SHOW, 숄 카라 코트
S I Z E
어깨
상동
중동
총장
소매
M E M O
10
11
12

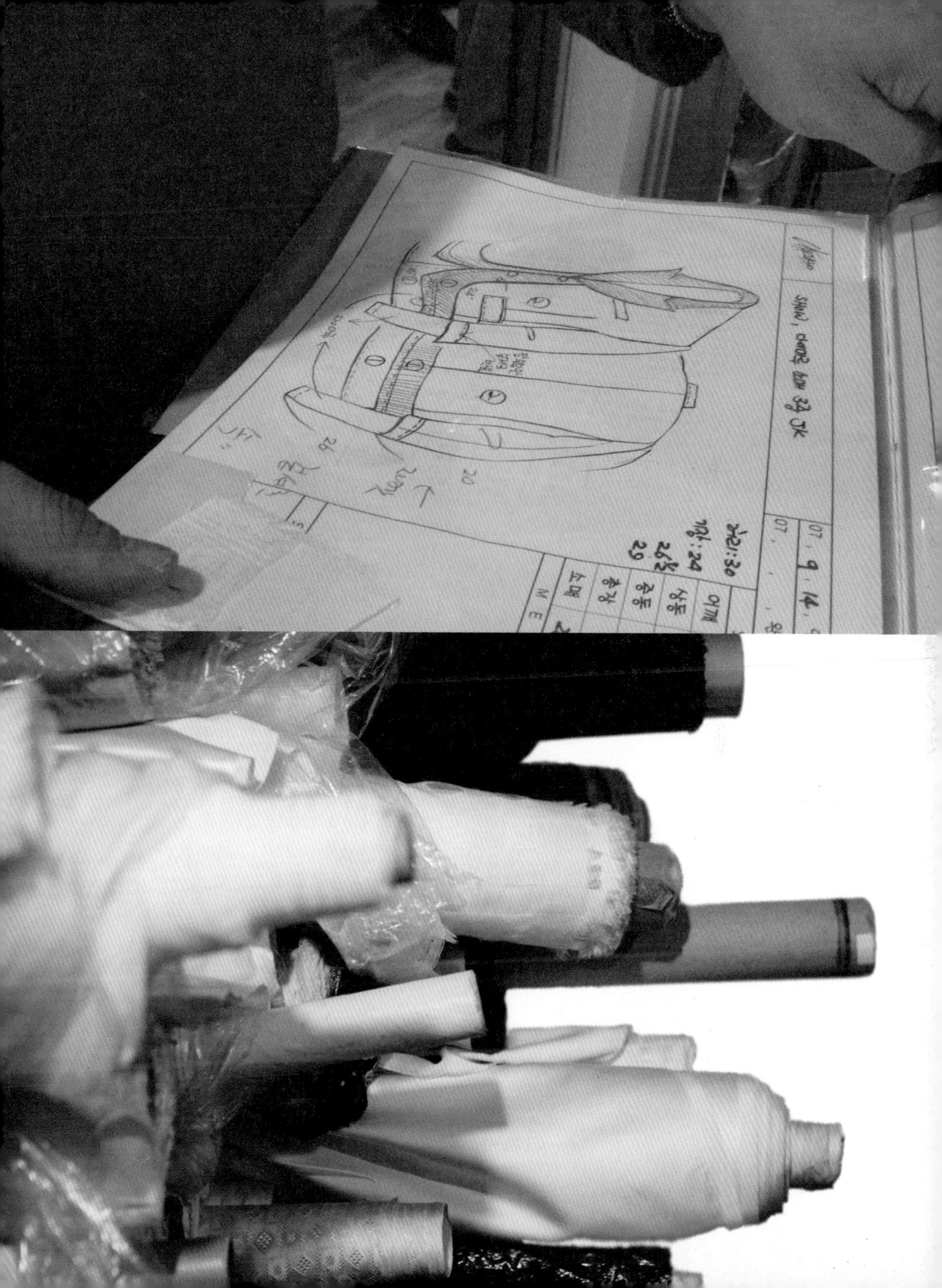

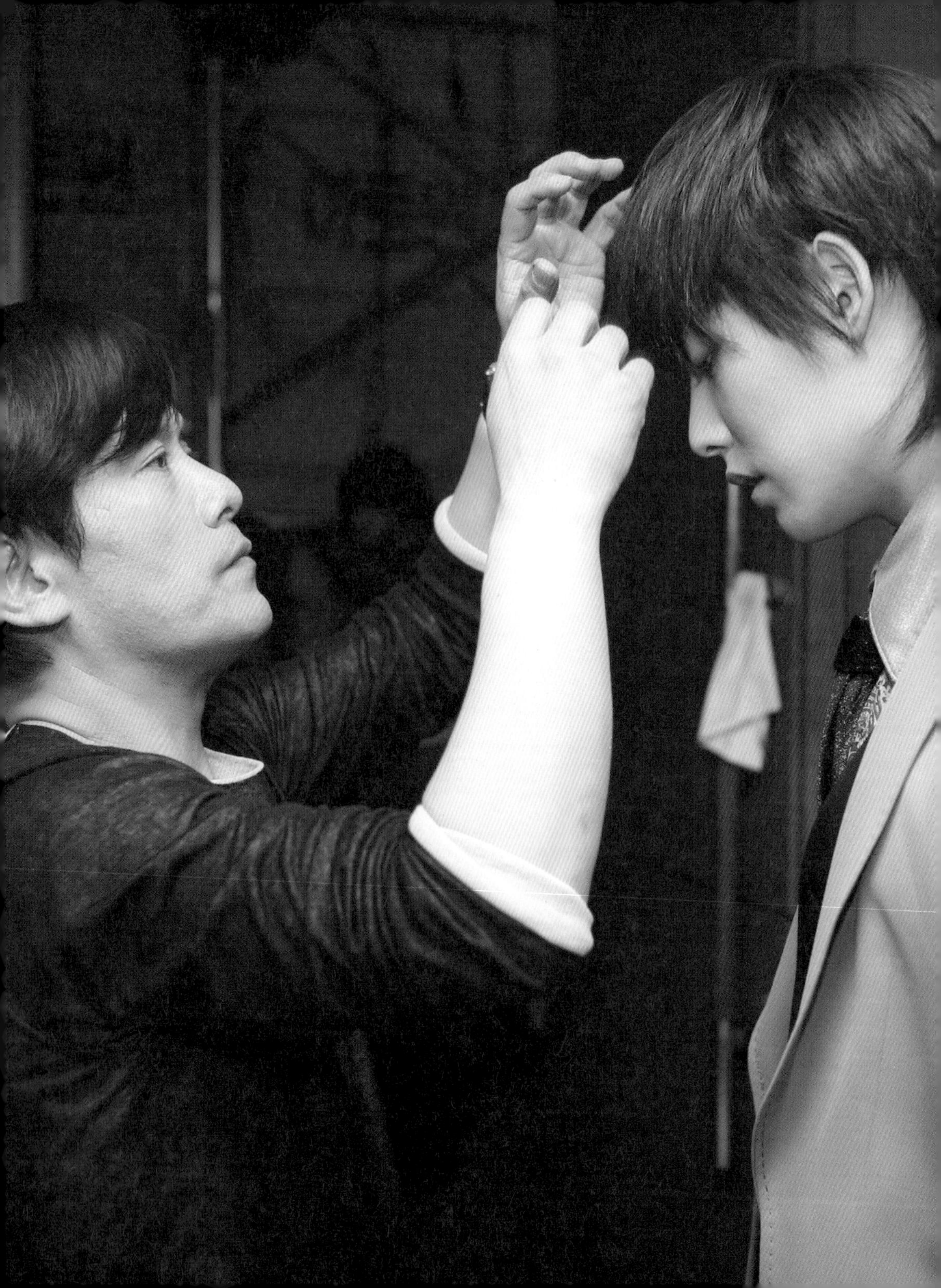

PART 3

사람,
그리고
경험이
남긴
지침

실패라는
현실보다
더
중요한,
그 이후

사람들은 내가 실패 없이 이 자리까지 왔다고 생각하지만 결코 그렇지 않다. 쓰라린 실패의 경험이 아니었다면 지금의 나는 있지 못할 것이다. 물론, 당시에는 이런 깨달음을 얻게 되리라고 예상할 만큼 여유가 없었지만 말이다.

한낮의 뜨거운 해는 이내 사그라지기 마련. 어둠의 전조는 내가 가장 밝은 곳에 있을 때 서서히 드리워지기 시작했다. '파리'라는 무대는 직접 서 본 사람만이 알 것이다. 그 무대가 얼마나 사람을 황홀하게 만드는지, 미치게 만드는지, 들뜨게 만드는지, 환장하게 만드는지.

1994년 파리 남성복 컬렉션에 처음 진출한 후, 나는 '파리'라는 무대에 완전히 매료되었다. 그 당시 나는 모든 면에서 타의추종을 불허할 만큼 탄탄대로로만 질주하고 있었다. 사업도 매우 번성하여 직원을 100여 명 거느릴 만큼 큰 사업체를 운영하고 있었고, '남성복'하면 '장광효 카루소'가 마치 고유명사화 되어 있을 만큼 명성을 날렸다. 게다가 당당하게 파리컬렉션까지 진출하여 국위를 선양했으니 패션디자인 업계에서 나의 입지는 아무도 넘볼 수 없을 만큼 공고하고 단단해졌다. 상황이 이쯤 되다 보니 마치 온 우주가 나를 향해 돌아가는 것만 같았다. 내 인생의 가장 오만했던 시절이었다. 이런 큰 성공을 이루었음에도 내 나이는 겨우 서른아홉이었으니까.

1994년에 이어 95년, 96년까지 3년에 걸쳐 파리 남성복 컬렉션에 모두 여섯 번을 참가했다. 나는 파리 첫 무대 이후 서울에 돌아와서도 낭만적인 '파리'를, 파리의 그 찬란한 '런웨이'를, 세계 각국의 이목이 집중되던 화려한 '스포트라이트'를 잊지 못하고 끙끙대며 열병을 앓았다. 그리고 곧 다음 파리 무대를 준비하는 데 여념이 없었다.

사실 완벽한 주식회사처럼 철저한 분업화와 정확한 업무 구분이 되어 있다면 모를까, 중소기업체는 잠시만 대표가 자리를 비워도 티가 많이 난다. 하물며 옷을 만드는 패션 회사에서 대표가 디자이너인 경우는 그게 더 심할 수밖에 없다. 불과 2~3일만 자리를 비워도 일이 한참 지연되고 만다. 디자인된 옷의 마지막 컨펌을 내가 반드시 해야 하기 때문이다. 그런데 그런 대표가 파리에 홀랑 넘어가 사업은 뒷전으로 하고 있었으니 회사 꼴이 좋을 리 없었다.

"사장님, 내일까지 원단을 발주해야 하는데, 어서 결제를 해주셔야….
그리고 사장님이 파리 계시느라 그동안 못한 업무보고도 드려야 할 것
같은데요."

다음 파리컬렉션에 어떤 테마를 할 것인가를 놓고 한창 고민 중인 나에
게 직원이 들어와 말했다.

"응? 뭐라고? 원단 발주? 그거 그냥 알아서 대충해. 내가 언제까지 시시
콜콜한 것까지 신경을 쓰고 그러겠니. 지금 난 파리컬렉션만 생각해도
시간이 모자랄 지경이야."

나는 다 귀찮다는 듯 심드렁하게 대답했다. 업무보고 따위의 이야기나
듣고 있을 여력이 없었다.

그렇게 국내에서 벌여놓은 큰 사업은 그 잘나고 대단한 파리컬렉션으로
인해 저만치 뒷전으로 밀려났다. 환상에 빠져 나는 점점 현실과 멀어지
고 있었지만, 그게 얼마나 잘못되고 있는지에 대해서는 전혀 자각할 수
없었다. 내 현실의 도끼자루는 대책 없이 썩어 가고 있었다.

또한 국내에서 패션쇼를 한 번 열더라도 그것에 대한 부대비용은 만만
치 않게 든다. 하물며 머나먼 타국, 프랑스 파리에서 열리는 패션쇼를
참가하려면 얼마나 많은 돈이 들겠는가! 일단 패션쇼에 참가하기 위해
비행기를 타고 가야하고, 호텔 숙박비 등 서울에서는 전혀 걱정할 필요
가 없는 비용 등이 끝도 없이 들 수밖에 없다. 그렇다고 외국처럼 정부
나 기타 대기업에서 문화사업의 일환으로 그런 비용을 지원해 주는 시
스템도 전무했으니 오로지 내가 가진 돈으로 그 모든 비용을 충당할 수

밖에 없는 노릇이었다.

하지만 돈이 어디에서 화수분처럼 마르지 않고 솟아나겠는가. 게다가 사업에는 나몰라라하며 업무보고마저 귓등으로 흘려듣는 마당에, 예전처럼 돈이 매일같이 포대자루에 들어올 리가 없었다. 나는 끝내 벌어 놓은 재산을 풀기로 결심했다.

"제가 내놓은 매물이 팔렸나 해서 전화 드렸어요."

당시 매일 부동산에 전화를 거는 것이 일이었다. 파리컬렉션의 참가비용을 마련하기 위해 건물부터 처분하는 것이 제일 손쉬웠으니까. 쇼를 한 번 치를 때마다 내가 가진 건물 하나가 팔려 나갔다. 그런데 나는 전혀 아깝다는 생각이 들지 않았다. 오로지 파리컬렉션만이 나의 전부였으므로 전혀 괘념치 않았다.

또 나중에는 아예 파리컬렉션에만 전념하고 싶어, 사업 경험이라곤 전혀 없는 지인에게 경영을 맡기기도 했다. 무엇에 제대로 홀린 사람처럼 나는 끝내 우둔한 짓을 하고야 말았다.

때마침 IMF가 터졌고, 나라의 경제는 공황상태에 빠졌다. 이 시절은 웬만큼 잘 굴러가던 사업체도 앞다투어 문을 닫아야만했으니 위태롭게 휘청되던 내 사업체는 말할 것도 없었다. 게다가 고급의류제품은 생필품이 아니기 때문에 이런 경제 위기에는 망하기 딱 좋은 아이템이었다.(실제로 이 당시 카루소와 함께 이름을 떨치던 유명 의류 브랜드가 안타깝게도 완전히 망해 없어지기도 했다.)

한 번도 경험하지 못했던 큰 시련 앞에 나는 좌초된 난파선마냥 나날이 의기소침해졌다.

'그 당당하던, 파리까지 이름을 떨치던 '디자이너 장광효'는 어디로 사라진 것일까.'

나는 어쩌면 이것이 제일 두려웠는지도 모른다.

내 잃어버린 자신감, 그 자신감 상실에서 오는 한없는 마음의 추락이 더 무서웠다. 아마 이런 자각이 내 마음 어딘가에 일렁이면서부터 나는 완전히 환상이라는 굴레에서 벗어나게 된 것 같다. 더불어 똑바르게 현실을 직시하고, 그 현실을 올바르게 받아들일 수 있게 되었다.

또한 나에게 디자인 작업은 생계나 취미가 아닌 세상을 향해 내가 할 수 있는 유일하고 절대적인 목소리임을, 인생에 리허설이 없다는 사실도 이때쯤 확실히 알게 되었다.

실패는 누군가에게 좌절을 의미하고 또 누군가에게 새로운 기회를 뜻한다. 문제는 그 실패로부터 무엇을 배우느냐 하는 것이다. 나는 실패를 복기(復棋)의 대상으로 생각한다. 바둑에서 복기를 통해 자신이 어떤 실수를 했는지 재점검하듯, 실패 과정을 반추하면서 다음을 준비해야 한다.

어려울 때
남는
진짜
내 사람

크게 벌여 놓았던 사업을 줄이기 시작했다. 장광효 전성기의 상징이었던 일곱 개의 매장과 백화점 입점 매장까지 무려 30여 개의 매장이 하나 둘 문을 닫았다. 내 오랜 노력과 수고의 결과물들이 맥없이 문을 닫았다. 안타깝고 서러웠다.

'카루소를 이만큼 성장시키기 위해, 디자이너로서 이만큼 명성을 쌓기 위해 얼마나 뛰어다녔는데, 누구보다 열심히 일했는데…….'

그러나 그렇게 하지 않으면 빚을 다 갚을 수 없었기에 선택의 여지가 없었다.

마침내 내 유일한 자존심이자 마지막까지 지키고자 했던 압구정동 카루소 매장 하나만을 남겨 놓았다. 물론 이 매장 하나만 건사하는 것도 내 힘에는 버거운 일이었다. 한창 잘 나가던 시절 나는 이 건물 주인으로부터 건물을 통째로 사는 게 어떻겠냐는 제의도 받았다.

"사업도 이렇게 번창하는데 이참에 이 건물을 다 사는 건 어떻소? 내가 좋은 가격에 내놓겠소."

"얼마에 파실 생각인데요?"

"8억에 내놓겠습니다."

8억? 결코 적은 돈이 아니다. 아니 무척 큰 돈이다. 그러나 나는 그때 최고로 잘 나가던, 물건이 없어서 못 파는 그런 디자이너였다. 그런 내게는 8억이란 돈도, 사라는 건물도 모두 시시하게 다가왔다.

'쳇. 그깟 낡은 건물을 나보고 사라는 거야. 이런 건물은 내 성에 차지도 않는다고! 돈이 조금 더 있으면 더 좋은 건물을 사고도 남는데 말야.'

나는 내심 점찍어 둔 건물이 하나 있었다. 바로 한양타운! 당시 압구정동에서 가장 큰 건물로 아주 새 것이었다. 돈을 좀더 모아 그 건물을 사서 더 고급스럽고 화려한 매장을 꾸미고 싶었다. 나는 속으론 이런 생각을 하고 있었지만, 건물주 앞에서는 정중히 고사의 뜻을 밝혔다.

하지만 상황이 이렇게 놓이고 보니, 그때 목에 빳빳이 힘주고 고사하며 과욕을 부렸던 내가 너무나 어리석게 느껴졌다. 건물 월세를 제 때 내는 것도 힘에 부쳤으니 말이다.

어려운 순간이 닥쳤을 때 진짜 내 사람이 누구인지 판가름난다고들 한다. 나 역시도 그랬다. 나도 모르는 사이, 거의 빛의 속도로 내가 망했다는 소문이 퍼져나갔고, 늘 찾아오던 고객들마저도 발을 뚝 끊었다.

100여 명이 넘던 직원들도 사업체를 하나 둘 접을 때마다 제 갈 길을 떠나갔다. 아침에 출근하면 떠나려고 짐을 싸는 직원으로 인해 매장은 늘 어수선했다. 나는 그 모습을 차마 마주 대할 수 없어 내 방에 들어가서는 거의 나오지 않았다. 우스갯소리지만 심지어는 내가 그토록 좋아하는 야쿠르트마저 끊길 뻔했다. 아주머니가 소문만 듣고선 아예 배달해주지 않아서였다.

현재 카루소 브랜드 홍보를 맡고 있는 박성목 실장과의 인연은 그때 시작되었다.

10년 전 박성목은 이십대 후반의 앞날이 창창한 젊은이였다.

그와는 카루소 모델 오디션에서 처음 만났다. 대구에서 성장하여 사진을 전공한 그는, 20대 중반이라는 늦은 나이에(모델로는 다소 늦은 나이다. 보통은 스무 살, 혹은 더 어린 18세에 모델을 시작하는 것이 태반이다.) 모델이 되겠다고 무작정 상경했다. 대부분의 모델들이 말수가 적고 과묵한데 반해, 박성목은 좀 달랐다. 오디션을 보면서도 전혀 떨지도 않았고, 하고 싶은 말도 다하는 등 당찬 면을 과시했다.

"저는 고등학교 다닐 때부터 옷에 관심이 많아서 만날 백화점에 출근을 하며 옷 구경을 다녔어요. 특히 장 선생님 옷이 너무 좋아서 잡지에 나오는 대로 족족 스크랩을 하고 돈도 모아서 옷을 사고 그랬어요. 카루소 모델이 되는 게 제 꿈입니다."

'어쭈, 저놈 봐라. 묻지도 않았는데 말도 냉큼 받아서 하고. 아주 맹랑한 녀석일세.'

나이가 많은 게 좀 걸렸지만, 성격도 쾌활하고 훤칠한 키에 눈매가 살아 있는 등 매력이 많아 보였다. 그런 점들이 마음에 들어 그를 카루소 모델로 발탁했다. 그의 모델로서의 오랜 꿈이 마침내 나로 인해 이뤄진 것이다. 그래서일까. 그는 누구보다 카루소에 애착이 많았다.

"선생님, 저 오늘부터 여기 취직할게요. 허락해주세요. 선생님, 부탁해요."

나는 말문이 막혀 아무 대답도 할 수 없었다.

"선생님, 선생님 곁에서 끝까지 돕고 싶어요. 저도 카루소를 지키고 싶어요."

내 브랜드가 전성기를 달릴 때 함께 했던 직원들마저도 등을 돌리고 떠나가 버린 마당에, 텅 빈, 아니 빚더미만 쌓인 내 회사에 입사를 자처하는 그를 보며 나는 마음이 뭉클해졌다.

하지만 전혀 내색하지 않았다. 그 당시 나는 내 독한 마음 이외에는 사실 아무것도 믿을 수가 없었고, 그리고 앞날이 구만리 같은 청년을 암흑뿐인 내 회사에 묶어둘 뻔뻔함이 내겐 없었다. 또 그의 행동이 단지 철이 없어 괜한 의협심에 무모하게 덤비는 것이라 여겼다.

'지금은 철없어서 저런 소릴 하는 거겠지. 휑한 회사에서 며칠만 있다 보면 내가 말 안 해도 알게 되겠지. 그럼 그 땐 알아서 나갈 거야.'

그렇게 입사한 모델 박성목이었다. 그러나 나의 예상을 깨고 그는 10년이 지난 현재까지 나와 함께 동고동락하며 든든한 나의 오른팔이자, 매니저로 헌신하고 있다. '패션계의 마당발', '사교계의 메신저'로 통하며 일인 다역을 소화해준 박성목 실장이 그래서 더 고맙다.

항상 내 곁에서 함께해 주는 박성목 실장

photo by 김재현 ⓒ 월간 맨즈헬스

가슴에 독(毒)을 차다

카루소의 압구정동 시절은 수모로 얼룩지며 끝이 났다. 내가 마지막까지 지키고자 했던 매장마저 잃어버리고 나는 다시 한동안 충격으로 헤어나지 못하고 망연자실했다.

'하나 남아 있던 카루소 매장마저 없어졌으니, 사람들은 이제 카루소가 완전히 망해서 없어진 것으로 알겠지. 이대로 정말 모든 것이 사라져 버리는 것일까. 내 디자이너로서의 생명도 여기서 종말을 고해야 하는가.'

그 많던 재산과 건물을 송두리째 잃어버릴 때의 안타까움은, 압구정동 카루소 매장을 잃은 슬픔에 비하면 아무것도 아니었다. 연속된 충격의 여파가 마침내 곪고 터져 궁극에 달하였다. 작은 원룸의 초라한 침대에 누워 나는 마음의 열을 주체하지 못하고 오래도록 앓았다. 심신은 지칠

대로 지치고, 그냥 이대로 죽어버릴까 하는 무서운 생각이 들었다. 모든 것이 아득하고 막막했다.

나는 태생이 그렇게 독한 사람은 못 된다. 내가 이만큼 디자이너로서 일가(一家)를 이룰 수 있었던 것은 독한 마음을 품고 독하게 노력해서라기보다는, 내가 가장 잘 할 수 있는 일을 재미있고 즐겁게 했기 때문에 가능했다고 본다. 타고난 사람은 노력하는 사람을 따라가지 못하고, 노력하는 사람은 즐기는 사람을 따라가지 못한다는 말도 있지 않은가.

이렇게 성격상 독하지 못한 내가 유일하게 마음에 독을 품은 것도 바로 이 시기였다. 그것도 그 누군가를 향한 독이 아니라, 바로 나 자신을 향해 독을 품었던 것이다. 그리고 그 독한 마음속에는 극기복례(克己復禮), 와신상담(臥薪嘗膽)의 마음도 함께 품었다. 절박한 현실을 받아들이고 헤쳐 나가기 위해서라도 이런 각오들이 필요했겠지만, 무엇보다도 추락하는 나의 자신감을 지키기 위해서라도 이런 내 마음의 '독'은 절실했다.

한의학에서 아주 위독한 병을 치료하기 위해 극약처방으로만 쓴다는 독이 든 약재처럼, 내 마음의 '독' 역시 아이러니하게도 나를 지탱하게 하는 힘의 원천이자 에너지원으로 작용했다.

근처 반지하에 새 작업실을 마련했다. 물론, 그곳에서도 여전히 돈과의 전쟁이었고, 빚과의 투쟁이었고, 지난한 삶과의 정면승부였으며, 외로운 홀로서기의 연속이었다. 특히 아무리 의연해지려 노력해도 잘 안 되는 부분이 바로 내 앞에서 자꾸 등을 보이며 나를 마음의 사지 끝으로 내몰던 사람들에 대한 야속함이었다.

"왜 이렇게 어둡게 하고 있니? 불 좀 켜라!"

어느 날 아침에 출근을 했는데, 직원들이 어둠 속에서 속수무책으로 앉아 있었다.

"사장님, 정전인가 봐요. 불이 전혀 안 켜집니다."

한 직원이 힘없이 대답했다.

정전? 나는 반지하 작은 창으로 보이는 다른 건물들을 살펴보았다. 다른 건물에는 형광 불빛이 새어 나왔다. 내가 있는 반지하에만 전기가 나간 것이 분명했다.

"이 건물 배선에 문제가 생겼나보다. 아니면 두꺼비집에 이상이 있던지."

나는 2층에 사는 주인집으로 전화를 걸었다.

"안녕하세요. 반지하 카루소 사장입니다. 아침부터 죄송한데요…."

내 말이 채 끝나기도 전에 주인아줌마가 잽싸게 말을 되받아 쳤다.

"아침부터 죄송하면 전화를 걸지 말 것이지…. 전기가 안 들어와서 전화한 거요?"

무척 퉁명스러운 주인아줌마의 물음에 내가 대답했다.

"아, 네. 전깃불이 안 들어오네요. 무슨 문제가 있나요?"

"문제가 있긴 있지요. 바로 장광효 씨가 문제지요."

"전깃불이 나간 게 어떻게 저와 관련이 있다는 말씀인지요. 통 이해가 되지 않는데요."

"장광효 씨가 월세를 내지 않았잖아요. 벌써 월세를 내야 할 기간이 이틀이나 지났는데 말입니다."

"그래서…?"

"예, 그래서 제가 두꺼비집을 내려버렸어요. 월세를 낼 때까지 안 올릴 생각입니다. 알아서 하시구려."

툭. 티티티티티.

이번에도 저쪽에서 전화가 먼저 끊겼다. 세상 인심이 뭐가 이런가 싶어 나는 또 긴 한숨이 흘러 나왔다. 그러나 또 어쩌겠는가. 밀린 월세. 모두가 내 탓, 내 불찰인 것이다. 나는 말없이 촛불을 켰다.

내가 촛불을 켜자 지켜보던 직원들도 각자 촛불 하나씩을 켰다. 반지하, 그 작고 어두운 작업실은 때 아닌 크리스마스를 맞았다.

"순망치환이란 말도 있잖아. 이가 없으면 잇몸으로. 우리는 전깃불이 없으니까 촛불을 켜는 거지. 좀 어둡지만 그래도 일하는 데 크게 지장은 없잖아. 오늘 하루도 열심히 옷을 만듭시다."

"네. 사장님!"

나는 혹시 직원들이 이 일로 인해 주눅들거나 언짢아할까 염려되어 일부러 더 큰 너털웃음을 지으며 이야기했다.

반지하 촛불 아래에서, 디자인을 하고 바느질을 하고 단추를 달았다.
그러나 어두컴컴한 곳에서 옷을 만들기란 결코 녹록치 않았다. 바늘귀에 실을 매는 것도, 작은 단추 구멍 사이로 바늘을 넣는 것도 모두 힘들었다. 익숙한 할로겐 불빛 아래에서 일하던 때가 소중하게 느껴졌다.
주인은 월세가 밀릴 때마다 두꺼비집을 내렸다. 그 바람에 자주 촛불을 켜야 했던 나는, 그 덕에 급격히 시력이 떨어질 수밖에 없었다. 하지만 시력이 떨어진 것을 제외하고는 촛불을 켜고 일해야 하는 것에 대해 나는 전혀 불만이 없었다.
'2000년대를 사는 남성 디자이너가 조선시대의 여염집 아낙처럼 촛불을 켜고 바느질을 한다?'
나는 이런 상상을 하고는 속으로 웃음이 났다. 참으로 다행이었다. 그런 상황 속에서도 삶을 긍정할 수 있어서.

타버려
한 줌
재가
된
내 허영

"장 선생님, 놀라지 마시고 들으세요. 불이 났습니다. 창고에……."

"뭐라고? 불이 났다고요?"

"예. 불이 났어요. 모두 다 타버렸어요."

수화기 너머에서 들려오는 청천벽력과도 같은 소리에 나는 순간 온 몸이 마비되는 듯했다. 말문이 막혔다. 팔다리에 힘이 풀렸고 곧 쓰러질 것만 같았다. 아니, 더 정확히 죽을 것만 같았다.

'도대체 내 추락의 끝은 어디일까. 얼마나 더 바닥을 쳐야만 비로소 수면 위로 떠오를 수 있는 것일까.'

사업이 어려워지면서 나는 사업체만 줄인 것이 아니라, 살림도 함께 줄였다. 큰 집에 살다가 작은 원룸으로 옮겨오다 보니, 큰 집에서의 각종 세간과 짐등을 둘 곳이 없어 경기도 소재 어느 창고에 보관해 두었다. 그런데 지난 2년간 내 물건을 보관해 두었던 창고에서 불이 났다는 것이다. 물건은 하나도 남김없이 다 타버렸지만, 그 창고는 무허가였으므로 그 어떤 보험도 보상도 받을 수 없다는 참담한 내용의 전화였다.

그러나 내 눈으로 확인하지 않고서는 도저히 믿어지지 않아, 저녁이 다 된 시간임에도 그곳을 찾아갔다. 2년 전에 물건을 맡기러 간 이후 처음 가는 길이라 모든 것이 낯설었다.

이윽고 창고가 위치한 경기도 하남시의 어느 변두리에 도착했다. 서울에서 출발할 때부터 어둠이 깔렸는데 그곳에 도착하니 완전한 어둠이 내렸다. 게다가 시골이라 완벽하게 깜깜했다. 창고는 차가 닿을 수 있는 곳에서 좀더 산길을 걸어가야만 도착할 수 있었다. 칠흑 같은 어둠 속을 손전등의 연약한 불빛에 의지하여 걸었다. 걸음을 뗄 때마다 다리가 후들거려 안정을 찾을 수 없었다.

'아닐 거야. 설마 다 탔을라구. 아닐 거야. 절대로 아닐 거야. 그래도 몇 개 정도는 남아 있을 거야. 아무리…. 그럴 리가 없어!'

나는 자꾸 이런 최면을 걸었다. 그리고 마침내 화마의 현장에 도착했다. 어둑어둑하여 잘 보이지 않은 상황임에도 불구하고, 현장은 생각보다 더 충격적이고 참혹했다.

물건이 있었다는 흔적만 겨우 알 수 있을 뿐, 모두 싹 타 버렸다.

피아노의 외관은 흔적도 없이 타 버렸고 쇠줄만이 남아 그 물건이 피아노였음을 말해주고 있었다. 침대는 겉의 천이 타버리고 앙상한 스프링만 시커먼 채로 남아 있었고, 어느 것 하나 온전한 건 아무리 찾아도 없는 것 같았다. 다른 건 아무래도 좋았다. 그것만 무사하다면, 그것 중 몇 개만 온전하다면 다른 건 다 타버려도 괜찮았다.

"내 앤티크들! 내 앤티크들 좀 찾아봐요. 그것만, 단 몇 개라도, 그것만 안 탔다면 다른 건 아무래도 상관없어. 그것들이 무사한지 좀 살펴 봐줘요."

나는 반쯤 정신이 나간 채로 어둠 속에서 말했다. 그것들이 무사하길 바랐다. 아무것도 남은 게 없는 폐허 더미 속에서 재를 뒤집어 쓴 채, 무사한 앤티크가 있는지 찾아 다녔다.

1980년대 초 파리에서 유학하던 시절 나는, 유럽풍의 그리스 로마적인 문화유산에 흠뻑 빠져들었다. 그때는 그리스 신전의 기둥 비슷한 것만 봐도 흥분이 되었다. 특히 온통 금으로 입혀진 파리의 군사박물관인 앵발리드, 그 꼭대기의 황금지붕과 파란 하늘이 만나 반짝이는 날에는 넋을 잃고 그 아름다운 광경을 하염없이 바라보기도 했다.

'사랑하면 알게 되고, 알면 보이나니, 그때 보이는 것은 전과 같지 않다'는 말처럼 유럽의 골동품(Antique)을 향한 나의 애정은 과하고 더해져 끝내 그것을 소유하고 싶은 욕망에까지 이르렀다. 그리고 이후 10년 동안 유럽과 한국의 온갖 골동품을 광적으로 수집해 내 집안으로 불러 모았다. 마음에 드는 골동품을 발견했지만 너무 터무니없이 비싸다 느껴져 망설이다 그냥 돌아온 날에는 밤잠을 설칠 정도였다.

'그냥 살 걸 그랬어. 날이 밝는 대로 달려가 기필코 사고 말겠어.'

그렇게 수 년 동안 발품을 팔아가며 애지중지 모아온 그 귀한 골동품이 한 순간 화마에 휩쓸려 몽땅 타버렸다.

골동품들은 시가로 따지면 대략 수십 억 원이 넘었다.

'내 사업체가 모두 무너져 내릴 때도, 무서운 빚 독촉에 쫓길 때도, 월세를 못 내어 쫓겨나는 신세가 되었을 때도, 절대로 팔지 않았던 소중한 골동품인데.'

나는 돈으로 환산할 수 없는 그 가치보다는 그것을 모아온 세월과 사연, 정성이 너무 억울하고 안타까워 견딜 수가 없었다. 언젠가는 다시 내 집에 들이는 날을 꿈꾸며 마음 한 구석 든든한 지지대로 삼고 있던 것들이었다. 내 아무리 마음에 독을 찼다고 해도, 무너지는 가슴은 어쩔 수가 없었다. 밤새 폐허 더미를 헤치고 겨우 찾아 낸 반쯤 타다 만 호리병 하나를 안고 그곳을 떠났다.

애착이 많았던 만큼 충격은 오래 지속되었다. 나는 자주 멍한 상태로 지냈다. 삶에 대한 의욕도 전혀 생기지 않았다. 밥이 넘어가지 않았다. 그냥 될 대로 되라는 마음이었다. 그 즈음 어머니가 서울로 오셔서는 나의 이런 한심한 몰골을 보고 말았다.

"광효야, 너 이게 무슨 꼴이냐. 그게 뭐 대수로운 물건들이라고 네가 이렇게 망가졌냐. 정신차려 이놈아. 밥도 좀 잘 먹고. 응?"

어머니의 걱정스러운 말씀도 내겐 잔소리로밖에 들리지 않았다.

"제발 상관하지 마세요! 엄마. 나 좀 그냥 내버려두고 얼른 내려가세요."
나는 퉁명스럽게 쏘아붙이며 대꾸했다.
"광효야, 광효야. 내 말 잘 들어라. 네가 그동안 모아온 건 서양 골동품이 아니라, 네 허영이었다. 허영! 그게 불이나 다 타버린 거야. 얼마나 다행이냐. 아무짝에도 쓸모없는 허영이 다 타버렸으니 말이다. 게다가 그 골동품에 붙어 있던 서양 귀신들도 모두 불타 버렸어. 이것 또한 얼마나 다행한 일이냐. 두고 봐라. 이제부터 분명히 네 팔자가 활짝 펼 거다."
어머니는 마치 예언과도 같은 말씀을 하시고는 집으로 가셨다.

그런데 거짓말처럼 기적같이, 그 이후 나는 정말 불같이 일어났다.

내
재기의
시크릿

다들 놀랍다고 한다. 본사 매장에서도 밀려 반지하까지 쫓겨 왔을 때는 아무도 내가 다시는 재기하지 못할 거라고 생각했다. 하지만 나는 달랐던 것 같다. 작업실 전기가 끊어져 촛불에 의지해 단추를 달 때도, 매장의 짐을 집달이들이 내동댕이쳤을 때도, 최후의 보루 프랑스 앤티크 가구가 한줌 재로 타버렸을 때도 생의 의지 하나 만큼은 포기하지 않았다. 아니, 이렇듯 믿을 구석 하나 없이 바닥으로 떨어지고 나니 이제 올라설 일밖에 없다는 묘한 확신까지 들었다.
그때 기적이 일어났다. 내 깊은 곳에서 '이제 다시 시작이다'라는 파이팅의 메시지가 들리는 순간, 누군가 찾아왔다.
"장광효 선생님 계십니까?"

눈이 펑펑 내리던 날, 누군가 반지하 작업실 문을 두드리며 내 이름을 불렀다.
"네. 누구시죠?"
"아, 안녕하세요. 저희는 모 홈쇼핑에서 나왔습니다. 디자이너 장광효 선생님이신가요? 만나 뵙게 되어 반갑습니다."
내게 덥석 손을 내밀며 악수를 청하는 낯선 사람들에게 나는 악수 대신 어리둥절한 표정을 지어 보였다.
"근데, 홈쇼핑에서 저에게 무슨 일로……?"
"선생님께서 디자인한 제품을 저희 홈쇼핑에 론칭launching하고 싶어서 실례를 무릅쓰고 찾아왔습니다. 혹시 가능할까요?"
물론 예전의 잘 나가며 목에 힘주고 파리를 누비던 '디자이너 장광효'였다면 이 무슨 격 떨어지게 홈쇼핑이냐, 도대체 내 디자인을 얼마나 우습게 보냐, 했을지도 모른다. 하지만 반지하에서 잊혀져 삶의 밑바닥에서 겸손과 겸양을 배우던, 더 이상 잃을 것이 없는 '디자이너 장광효'였기에, 나는 흔쾌히 그 제안을 수락했다.
'홈쇼핑으로 다시 재기를 노려보는 거야. 어디 갈 데까지 가보자!'
계약은 연초에 했고, 실제 방송은 6월 말쯤으로 잡혔다. 대략 6개월 정도의 준비기간이 있었다. 나는 당시 한 벌 당 150만 원씩 팔던 남성 양복을 25만 원의 가격에 판매할 계획을 세웠다. 또 기존의 남성복에 국한한 것에서 벗어나 여성복과 니트, 각종 액세서리 등 의류의 총체적인 것들을 다 만들기로 했다. 그간 일거리가 없어

침체되어 있던 내 반지하 작업실도 홈쇼핑 준비로 인해 전에 없던 활력을 되찾았다.

'이 얼마 만에 맛보는 일하는 기쁨인지!'

2002년 6월 홈쇼핑 오픈 날. 나는 직접 홈쇼핑에 출연해 쇼호스트를 도와 의상에 대해 자세하고 꼼꼼하게 설명했다.

"이건 내가 직접 원단을 골랐어요. 또 너무 고급스럽기만 하면 불편하기도 한 점을 감안하여 실용성도 강조했고요. 패턴도 적절하게 유행을 맞췄어요. 멋쟁이가 입어도, 멋을 잘 못 부리는 사람이 입어도 전혀 어색하지 않게 무난하면서도 세련되게 디자인했습니다. 하지만 주의할 점은 이 옷은 원래 200만원인데 여기서 20만원에 판다는 것이 아닙니다. 20만원이란 가격대비 품질이 좋고 실용적이라는 것이니 이 점을 잘 살피셔서 부디 현명한 소비를 부탁드려요."

생방송이라는 부담감이 없지 않았지만, 대체로 떨지 않고 잘 한 것 같았다. 쇼호스트도 처음인데 잘 했다고 나를 추켜 세워주었다. 하지만 나는 1시간의 생방송이 진행되는 내내 긴장을 늦출 수 없었다.

'제발 잘 돼야 할 텐데. 그래야 내가 다시 도약할 수 있을 텐데. 1시간에 8천만 원을 넘기면 대박이라고 하던데……. 과연, 얼마나 많은 사람들이 나와 카루소를 기억하고 내 옷을 믿고 구매해 줄까.'

나는 이런 초조해 하는 내 마음이 행여 밖으로 드러날까 염려하며, 의상이 바뀔 때마다 더 태연한 모습으로 설명하려 애를 썼다. 1시간 후 마감이 되었을 때, 나는 내 눈을 믿지 못했다.

6억 원. 1시간에 6억 원 어치, 2시간 방송으로 12억을 훌쩍 넘겼다. 기록적인 대박이었다.

첫 방송에서 모든 의상이 동이 나버린 상황을 지켜보면서 나도, 홈쇼핑 관계자도, 기대 이상의 결과에 놀라움을 금치 못했다. 그 후로도 계속 폭주하는 주문을 옷의 물량이 좀처럼 따라가지 못했고, 공장은 쉴 새 없이 풀가동해야 했다. 그해 가을에는 1시간에 12억 원 달성이라는 진기록도 세웠다.

그렇게 2002년부터 2004년까지 만 3년 동안 정장 위주로 기획한 의상은 홈쇼핑을 통해 세상으로 나갔다. 반지하에 꽁꽁 묶여있던 내 디자인이 날개를 달고 지상으로 날아올랐다.

홈쇼핑의 성공으로 나는 전국구 디자이너가 되었다. 그리고 내가 홈쇼핑으로 돈을 좀 벌었다고 소문이 나니까, 그동안 홈쇼핑을 폄하하던 디자이너들도 이쪽으로 뛰어들었다. 하지만 너나 할 것 없이 뛰어들다보니 경쟁이 심해졌고, 결국 후발주자들은 큰 재미를 보지 못했다.

만약 기회의 여신이 있다면, 내 손을 들어주었음에 틀림없다. 반지하에 갇혀, 세상에서 잊힐 뻔 한 디자이너 장광효에게 다시 한 번 회생할 수 있는 기회를 제공해준 기회의 여신의 배려가 눈물겹도록 고마웠다.

2년 여의 반지하 작업실 생활. 그 생활은 결코 춥고 외롭고 고독하기만 한 것은 아니었다.

가난해야만 정신적으로 더 풍족해진다는 사실도 배웠고, 가장 낮은 곳에 있어야 가장 높은 곳의 허망함도 보인다는 것도 깨달았다. 무엇보다 일상의 소소한 일들 속에서도 행복을 찾을 수 있다는 너무도 자명한 진리도 깨닫게 되었다.
오로지 직진, 무조건 전진만을 고수하던 내 삶에 브레이크를 걸어준 시간들, 나에게 좀더 세상을 넓게 보는 심미안을 가지게 해 준 그 시간은, 최악의 순간에서 최선의 기회가 올 수 있음을 알려준 그 무엇과도 바꿀 수 없는 소중한 경험이자 자산이다.

나보다
더
어려운
누군가를
생각한다

"장샘, 그 많던 고양이 지금은 다 어디에 있습니까?"

예전 반지하 작업실에 찾아왔던 사람들은 옷감들 너머로 이리저리 뛰어다니는 일곱 마리의 고양이를 기억할 것이다. 아예 모 잡지에는 작업실 풍경 속, 헝클어진 옷감들 사이로 비죽 얼굴을 내민 고양이가 그대로 실리기도 했으니 말이다.

처음 한 마리의 길고양이를 작업실로 데리고 온 것은, 어느 매서운 겨울이었다. 점심을 먹으러 인근 피자가게를 찾았는데 그 가게 통유리 너머로 길고양이 한 마리가 피자를 맛있게 먹고 있는 나를 빤히 쳐다보고 있었다.

'녀석 봐라. 얼마나 거리를 헤매며 굶주렸으면. 어휴, 저 꼬질꼬질한 것 좀 봐.'

행색은 초라하기 그지없었다. 왠지 측은한 마음이 들기도 했지만 그다지 고양이를 좋아하지 않았기 때문에 그냥 그런가 보다 했다.

점심을 먹고 다시 작업실로 돌아왔다. 그런데 이번엔 작업실 바로 앞에 아까 그 길고양이가 야옹야옹 울음소리를 내며 웅크리고 있었다.

'뭐야, 저 녀석. 어떻게 알고 내 일터까지 찾아왔어.'

아까와는 달리 신기한 마음도 들고 다시 측은한 생각이 들었다. 그래서 이번엔 좀 가까이 다가가 살펴보고 털도 쓰다듬어 주었다. 도망도 가지 않고 내 손길을 따스하게 느끼고 있는 녀석을 보자, 나는 울컥 가슴 한 구석이 아렸다.

'이 녀석도 누군가의 따스한 마음을 간절히 바라고 있나. 나처럼 이 녀석도 자신을 좀 이해해 주고 자기 힘듦을 조금 덜어 줄 그 누군가를 절실히 찾고 있는 건 아닐까.'

어디에도 안주할 곳을 찾지 못하고 길거리를 정처 없이 헤매고 다녔을 이 작은 '길고양이'에게서 나는 '나'의 처량한 처지를 읽었다. 그렇게 그 녀석은 우리 작업실의 한 일원이 되었다. 녀석은 암컷이었다.

이 녀석과 함께 지내며 나는 헛헛했던 마음 한 구석이 조금씩 채워지는 것을 느꼈다. 아침에 출근을 하면 밤새 작업실을 지키며 배고팠을 녀석을 위해 식사를 챙겨주는 일이 어느새 중요한 일과로 자리 잡았다.

"야옹아, 어딨니? 아빠 왔다. 어제 하루 동안 잘 놀았니? 무섭지 않았니? 여기 맛있는 음식 가져 왔다. 어서 나오너라. 야옹아!"

녀석은 예의 고양이의 습성이 그러하듯 원단 아래에 숨어 있기도 하고, 혼자 후다닥거리며 작업실을 휘젓고 뛰어다녔다. 그러다 가끔 애교를 부리고 싶을 때만 살짝 내 발 밑으로 와 조용히 앉아 있곤 했다.
우리의 형편은 여전히 좋지 않았지만 사랑스런 이 녀석을 키우는 데 드는 돈은 아끼지 않았다. 겨우 고양이 한 마리 키우면서 그러나 싶겠지만 그 비용은 제법 만만치 않았다. 각종 예방주사비하며, 사료비, 무엇보다 고양이 화장실용 모래값이 장난이 아니었다. 나중에는 화장실용 모래값을 도저히 충당할 수가 없어 근처 놀이터에서 일반 모래를 퍼 오기까지 했다.
이처럼 나를 비롯한 우리 직원들은 모두 이 녀석에게 최선을 다했다. 또 한 마리의 길고양이가 들어오기 전까지 녀석은 우리 작업실 최고의 여왕 대우를 받았다.
어느 날 우리 작업실 건물과 맞닿아 있는 건물 그 사이의 작은 틈에서 아기 울음 같은 가녀린 신음 소리가 들려왔다. 궁금증을 잘 견디지 못하는 나는 그 소리의 근원지를 따라 조심스럽게 가 보았다. 사람은 도저히 들어갈 수 없을 정도로 좁은 틈이었다. 그 좁은 틈 사이에 작은 고양이 한 마리가 떨어져 미약한 울음을 터뜨리며 울고 있었다.
"야옹아! 야옹아! 그만 울어. 아저씨가 곧 구해줄게. 좀만 기다려!"
고양이를 키우며 고양이에게 남다른 애착마저 생긴 나는 마음이 조급해졌다. 곧바로 119구조대에 전화를 걸었다.
"여기 고양이 한 마리가 위험에 빠져 있어요. 얼른 구출해주세요."
"예? 고양이요? 사람이 아니고 고양이란 말입니까?"

119구조대에서는 내가 장난이라도 친다고 생각한 모양이었다.

"네. 고양이가 건물 틈에 빠졌어요. 아까부터 내내 울고 있습니다. 어서 구해주세요."

나는 더 절박하고 간절해진 마음으로 간곡하게 부탁했다.

"이보세요, 선생님. 저희는 무척 바쁜 사람들입니다. 고양이를 구하러 다닐 만큼 한가한 사람들이 아니란 말입니다."

사정 끝에 119구조대가 출동했다. 하지만 구조대가 도착해 온갖 기구를 다 이용해 구해보려 노력했지만 헛수고였다. 통로가 너무 좁아 기구조차 쉽게 들어가지 않았던 것이다. 구조대는 가망이 없다는 말만 남기고 휑하니 가버렸다.

'저것도 하나의 소중한 생명인데……. 여린 울음소리를 내며 저렇게 살려 달라 애원하고 있는데…….'

나는 그냥 두고 볼 수 없었다. 무슨 짓을 해서라도 일단 저 고양이의 생명부터 구해놓고 보자는 마음이 들었다. 그때 재치 넘치는 박 실장이 기막힌 묘안을 짜냈다.

"선생님, 검은 비닐봉지 좀 찾아주세요."

"봉지는 왜?"

"비닐봉지 엘리베이터를 만들려고요."

박 실장이 씨익 미소를 지으며 말했다.

"비닐봉지 엘리베이터?"

"보시면 아실 거예요. 그리고 우리 야옹이 먹는 소시지 간식 있죠? 그것도 하나 갖다 주세요."
나는 박 실장이 시키는 대로 순순히 따랐다. 그는 검은 비닐봉지에 긴 끈을 묶고 그 안에 소시지 하나를 넣었다. 그리고는 위에서 끈을 잡고 봉지를 작은 틈 사이에 내려 보냈다. 정말 비닐봉지 엘리베이터 같았다. 나는 박 실장의 아이디어가 기특해 웃음이 나왔다.
우리는 고양이가 그 안에 올라타기를 기다렸다. 배가 고팠는지 소시지 냄새를 맡은 고양이가 냉큼 그 봉지 안에 탑승을 했다. 이렇게 우여곡절 끝에 그 녀석도 우리의 일원이 되었다. 녀석은 수컷이었다.
한 마리에서 두 마리로 늘면서 온갖 호사를 부리던 암고양이의 여왕 시절은 끝이 났지만, 그 둘의 결합으로 고양이의 숫자는 순식간에 늘어났다. 나는 그들의 새끼를 직접 받으며 생명의 신비도 만끽했고 이 녀석들을 키우느라 현실의 어려움이나 시름을 잊고 지내곤 했다. 고양이 일곱 마리가 앞 다투어 이리 뛰고 저리 뛰며 내 반지하 작업실을 돌아다닐 때 나는 참 많이 웃었고 큰 위안을 받았다.
이제와 돌이켜봐도 소소한 행복이란 바로 이런 것이 아닐까 하는 생각이 든다. 나를 말없이 위로해준 그때 그 일곱 마리의 고양이들로 인해 그 시절이 따뜻하게 느껴졌다.
이후 그들의 행방이 궁금하다고? 더러는 죽기도 하여 한강 둔치에 묻어주었고, 더러는 내가 반지하를 탈출할 즈음 넓은 마당을 가진 어느 마음씨 좋은 분의 집으로 입양되었다.
그 녀석들도 나와 함께했던, 행복했던 반지하 생활을 기억하고 있을까? 문득 궁금해진다.

힘든 시기를 함께 해준 고양이들

나의
사랑
나의
신부

아프리카 속담에 이런 말이 있다.

'빨리 가고 싶으면 혼자 가라. 하지만 오래가고 싶거든 함께 가라.'

함께 가기 위해선 서로 속도를 맞춰야 한다. 양보해야 한다. 져 줘야 한다. 이것이 부부로 사는 지혜의 비결이다. 너무나 평범한 것처럼 보이지만 참으로 위대한 것이다. 그래서 모든 부부들이 위대하다.

결국 부부로 산다는 것은 상대에 대한 끝없는 겸손이다. 부부로 산다는 것은 항상 즐겁지만은 않고 분명 갈등과 번민, 다툼을 수반하는 것이다. 하지만 중요한 것은 아니 더 소중한 것은, 함께 있었다는 사실 그 자체이다.

반지하로 작업실을 옮기고 난 후였다. 지방에서 음대 교수로 있는 아내가 나를 만나러 서울로 왔다. 압구정에 도착했다는 전화를 받고, 나는 헐레벌떡 아내가 있는 곳으로 나갔다. 우리는 사거리 코너에 있는 포장마차에서 뜨끈한 우동과 어묵고치를 먹으며 오랜만에 데이트를 즐겼다.

"여보, 당신 새로운 곳으로 작업실 옮겼다고 했잖아. 거긴 어디야?"

아내가 조심스럽게 물었다.

"으응. 여기 이 근방에 있어."

"여기 근처? 그럼 나 한번 구경하러 가도 돼?"

아내가 큰 눈을 반짝이며 다정스럽게 다시 물었다.

"뭐 하러 그래. 그냥 작아. 작고 아담하고 그래. 안 봐도 돼. 나중에… 나중에 보여줄게."

나는 무언가를 숨기는 사람처럼 자신감 없게 대답했다.

아내는 더 이상 묻지도 않았고, 그래도 가보고 싶다며 고집을 부리지도 않았다. 그냥 묵묵히 내 표정을 살피는가 싶더니 다시 환하게 웃으며 말했다.

"여보, 우리 좀 걸으면서 데이트할까? 좀 춥긴 해도 그래도 이런 날씨 나름대로 운치 있잖아."

"그래. 당신이 그러고 싶다면 나야 좋지."

아내의 손을 잡고 천천히 거리를 걸었다. 추운 날씨였음에도 불구하고, 이렇게 사려 깊고 배려심 넘치는 여자가 내 아내라는 사실로 인해 나는 참 행복했다.

사실 아내에게 그곳을 공개할 수 없었던 건 다른 이유가 있다.

'아내가 울음이라도 터트리면 어떻게 하나, 아내가 가슴 아파하면 돌아갈 그 뒷모습을 나는 어떻게 보아야 하나.'

이런 생각에 나는 내 고생하는 모습을 절대로 아내에게 내보이지 말자고 다짐했기 때문이었다. 그리고 현명한 아내는 이런 내 마음도 이미 읽고 있었다. 더 이상 그것에 대한 어떤 언급도 하지 않았다. 이토록 사려깊은 사람이 바로 내 아내, 성악가 길애령 교수이다.

동양인이 서양음악 특히 성악을 한다는 것은 쉬운 일이 아니다. 파란 눈의 서양인이 심청가를 부른다고 생각해보라. 성량과 체력 등 신체적 차이부터 언어와 생활 습관 등의 문화적 차이까지 모두 핸디캡으로 작용할 뿐이다. 하지만 그녀는 모든 어려움을 극복하고 오히려 서양의 에너지를 흡수했다. 그녀는 불리한 조건들을 동양 특유의 수줍음으로 아름답게 꽃피우면서도 독특하고 매력적인 그 자신만의 음악세계를 완성한 소프라노이다. 소프라노로서 부를 수 있는 다양한 오페라 레퍼토리를 완벽하게 소화해낸 그녀가 나는 항상 존경스럽고 자랑스럽다.

나는 내 아내가 예술적으로 뛰어나다는 것 하나만으로도 100퍼센트 만족하고 살 자신이 있는 사람이었다. 그런 아내가 부족한 공부를 위해 오페라의 본고장 이탈리아로 유학을 떠날 때도 나는 무조건 지지했다. 아내가 유학을 떠난 후 그동안 주말부부였던 우리는 반년부부가 되었다. 나는 6개월마다 한 번씩 아내가 있는 밀라노로 찾아갔다. 그리고 한 달씩 때로는 보름씩 머물며 아내와 함께 유럽의 이곳저곳을 여행 다니며 헤어져 지낸 그 시간들을 애틋하게 달래곤 했다. 아마 내 인생에서 제일 행복한 시간이 아니었을까 생각한다. 유레일 기차를 타고 달리다가 오스트리아 티롤 지방을 지나오며 나는 아내에게 말했다.
"여보, 여보! 내가 꿈을 꾸고 있는 건 아닌지 내 팔 좀 꼬집어 봐."
그만큼 그 시간들이 꿈결 같이 소중했다.
무사히 유학을 마치고 돌아온 아내는 교수로서도 뛰어난 지도력을 갖추었고, 현재 지역에서는 알아주는 소프라노로 명성이 높다. 매년 독창회나 각종 무대에서 솔리스트로 활동하며 놀라운 카리스마로 좌중을 압도한다. 물론 그때마다 무대에서 입는 아내의 모든 의상은 내가 직접 만든, 정성이 담긴 드레스들이다. 나는 남성복 전문 디자이너지만 내 아내 오직 그 한 사람만을 위해서 가끔 여성 드레스 전문 디자이너로의 변신을 꾀하기도 한다.
내가 이름이 나면서부터 더 신중하고 사려 깊은 여자로 변해가는 아내는 언제나 나에게 당부를 잊지 않는다.
"여보, 당신 언제나 말과 행동을 조심해야 해요. 좀더 신중하게 행동하고, 웬만하면 참고. 알겠죠?"
나는 아내의 이런 지혜가 도대체 어디서 샘솟는지 늘 궁금했다. 내 보기엔 아무리 찾으려 해도 흠잡을 곳이라곤 없는 아내는 장모님을 꼭 닮았다. 새해에 인사를 드리면 장모님은 우리부부는 자식이 없으니 아직도 어린애라고 하시며 두둑이 세뱃돈을 봉투에 담아 주시고 매년 패션쇼를 할 때면 수고하고 힘내라며 또 두툼한 봉투를 내미시기도 한다.
내가 돈을 못 버는 것도 아니고, 언제나 그렇게 내게 마음을 써주시려는 장모님의 마음이 어찌나 고마운지 때때로 가슴이 뻐근해진다. 이런 장모님의 지혜와 사랑을 아내가 쏙 빼 닮았다.
내가 사업이 어려워서 많이 의기소침해 있을 때 만약 아내의 지지와 인정이 없었다면 나는 아마 다시 일어설 수 없었을 것이다.
"여보, 당신 너무 걱정하지 마. 사실 내가 평생 학생 가르쳐서 번 돈만으로도 우리는 충분히 편히 살고 있잖아. 내가 있으니까, 여보 너무 걱정하고 그러지 마. 그러다가 당신 병이라도 나면 더 힘들잖아. 힘내자, 우리."
모르긴 몰라도 다른 사람이었다면 도망을 쳤거나, 아니면 구박을 하거나 바가지를 긁었을 텐데, 아내는 내 뼈아픈 실패 앞에 오히려 담담했고 의연하게 대처하며 나에게 용기를 주려 애썼다. 내가 다시 일어설 수 있었던 것도. 절망 속에서도 웃으며 희망을 노래할 수 있었던 것은 다 이런 아내 덕분이다.
나는 늘 다이어리에 아내의 돌사진을 넣어 다닌다. 그리고 힘이 들거나 괴로울 때마다 흑백사진 속에서 예쁘게 웃고 있는 그 아기를 바라본다. 그러면 나도 모르게 얼굴 가득 미소가 번진다.
나의 아내, 참을 수 없는 존재의 소중함이다.

들꽃 같은 친구 손석희

아무 말 없이, 이름도 없이 그저 주어진 대로 살아가는 들꽃을 본다. 분명 자신만의 이름을 가지고 있을 터지만 하나로 묶여 '들꽃'이라 불리는 존재. 그냥 그 자리에 피어있다는 것만으로도 아름다운 들꽃. 가녀리게 보이지만 세찬 비바람에도 끄떡없는 놀라운 생명력. 나는 이 들꽃과 꼭 닮은 사람을 한 명 알고 있다.

지금은 우리나라에서 모르는 사람이 없을 정도로 유명한, 가장 영향력 있는 언론인 손석희 교수. TV와 라디오에서 생방송으로 시사프로그램을 진행하고 있고, 촌철살인의 언어를 쏟아내며 늘 세간의 주목받는 방송인 손석희. 게다가 많은 젊은이들이 가장 닮고 싶어 하는 사람이 바로 손석희이다. 하지만 내가 아는 내 친구 석희는 그야말로 들꽃같은 친구다. 지난했고 고독했고, 방황도 많이 했던 내 아련한 청춘의 기억을 함께 나눈 소중한 친구일 뿐이다.

대부분 사람들은 석희와 내가 고교동창으로 알고 있지만 실은 나와 석희는 각자 다른 고등학교를 졸업했다. 물론 그 전에 알고 지내던 사이도 아니고, 전혀 일면식도 없었다. 아마 내가 그때 그곳에 가지 않았다면 우리는 여전히 모르는 타인으로 살고 있을 것이다.

내가 뒤늦은 재수를 위해 찾은 곳은 종로독서실이었다. 학창시절 공부를 제법 잘했던 나는, 학원 대신 혼자 조용히 공부를 할 수 있는 독서실을 택했다. 이미 9월로 접어들어 있었고, 입시까지의 시간은 촉박했으므로 그 편이 더 효과적일 것이란 판단이 섰다. 나는 고3때보다 더 결연한 마음가짐으로 공부에 열중했다.

하지만 사람이 어찌 늘 같은 마음을 품고 살 수 있을까. 작심삼일이란 말이 그냥 생긴 말은 아니지 않은가. 처음의 독한 마음은 조금씩 나태해져 갔고 또 혼자 공부하다 보니 좀 외롭기도 했다.

'내가 무슨 부귀영화를 보겠다고 또 한 번의 이런 힘든 통과의례를 치러야 하나.'

때로는 이런 생각에 서럽기도 했다. 그런 외로움과 서러움이 내 마음에 뒤엉켜 있던 바로 그 무렵이었다. 그때 석희를 만났다. 종로독서실 내 자리, 그 바로 옆에 석희가 앉아 있었다. 예의 그 하얀 얼굴에 귀공자 같은 분위기를 풍기며 그 역시 혼자 앉아 묵묵히 공부만 하고 있었다.

동병상련의 아픔을 나누다 보면 누구랄 것도 없이 쉽게 마음의 문을 열게 마련이다. 그다지 사교적이지 못하고 조심성이 몸에 밴 나였지만 석희와는 그렇게 금방 친구가 될 수 있었다. 우리는 서로 정보도 교환하고 모르는 것도 가르쳐주며 함께 공부도 했고, 잠시 휴식을 취할 때는 미래에 대한 서로의 꿈을 나누었다.

"광효야, 넌 미술공부해서 뭘 할 생각이야?"

"그것까진 잘 모르겠네. 하지만 확실한 한 가지는, 난 그림을 너무나 그리고 싶다는 거지."

나는 어색한 웃음을 지으며 그림을 향한 내 신념을 석희 앞에서 피력했다.

"그럼 석희 넌, 뭐 하고 싶은데?"

"글쎄다. 나도 그건 잘 모르겠네. 에이, 우리 그만 노닥거리고 얼른 다시 공부나 하자."

만 열아홉의 석희와 나는 막연했지만 꿈이 있었고, 불안했지만 그 꿈을 꾸며 불안을 잠시 잊을 수 있었다. 서로에게 크게 기댈 수는 없었지만, 같은 시련을 겪고 있는 서로가 있는 것만으로도 충분히 의지가 되었다.

결론부터 말하면, 석희와 나, 우리 둘은 각자 서로가 그토록 가고자 목표했던 대학에서 쓰디쓴 고배를 마셔야만 했다. 대신 우리 둘은 나란히 같은 대학에 입학했다. 석희는 국문과로, 나는 장식미술과로. 우리의 질긴 인연은 재수 시절부터 대학 시절까지 또 그렇게 이어졌다.

또 우리는 비록 서로 다른 과를 다녔고 다른 서클활동을 했지만 자주 어울렸다. 석희는 항상 같은 옷을 입고 다녔지만(석희는 나와는 달리 옷에는 전혀 관심이 없었다. 오죽하면 석희 옷을 보고 친구들이 우스갯소리로 교복이라고도 했었다.) 늘 깔끔하고 단정한 차림새였다. 그래서 석희는 남녀를 불문하고 인기가 많았다. 그래도 가끔 교정에서 나와 마주칠 때면 '밥 먹자'는 인사를 잊지 않았다.

늘 바쁘고 어디론가 분주하게 다니던 석희가 어느 날은 무슨 일인지 나를 찾아왔다. 학교 교정을 하릴없이 서성이다 내리쬐는 햇살이 너무 좋아 잠시 벤치에 앉아 오수를 즐기고 있었는데 석희가 내 쪽으로 걸어오고 있었다.

상기된 목소리로 석희가 말했다.

"광효야! 광효야! 이것 좀 봐. 우리가 함께 힘을 모아야 할 일을 발견했어."

"그게 뭔데? 뭔데 그렇게 호들갑을 떠냐."

석희는 꾸깃꾸깃한 종이 한 장을 내밀었다. 거기에는 대기업의 광고기획사에 학생들을 상대로 공모전을 한다는 내용이 적혀있었다.

"이 광고 회사에서 공모전을 한대. 우리도 작품을 내보자. 광효 네가 디자인을 맡고 내가 카피를 쓰면 되잖아? 어떠냐?"

"이야, 그거 좋다. 우리 최선을 다해보자."

나는 석희의 제안을 흔쾌히 수락했다. 그저 함께 이런 작업을 하는 것만으로 충분히 훗날 좋은 추억이 될 것이라 여겼는데, 우리가 고심하며 만들어 출품한 작품은 장려상이라는 좋은 성과를 낳았다.

재수도, 대학 입학도, 광고 공모전도 모두 함께 했던 석희와 나는, 하마터면 직장마저도 함께 다니며 끈질긴 인연을 과시할 뻔했다. 석희가 문화방송(MBC) 아나운서로 합격했을 무렵, 나 역시 그곳의 무대디자이너로 합격했다. 물론 나는 바로 진로를 수정하여 대학원으로 진학하게 되면서 단짝처럼 지냈던 우리의 관계도 자연스럽게 소원해 졌다. 석희는 방송국 입사 후 뉴스를 진행하며 바쁘게 지냈을 것이고, 나 역시 그 사이 개인 매장을 꾸리는 등 생활에 쫓기듯 사느라 정신이 없었다.

얼마 전 우리는 뜻 깊은 재회의 자리를 마련할 수 있었다. 석희와 나는 그렇게 현실에서 멀어지는 듯 보였지만, 다행히 언론에 오르내린 덕에 우리는 멀리서나마 서로의 안부를 알고 있었다. 만나기로 약속한 일주일 후, 석희가 아내를 대동하고 매장을 찾아왔다. 남들이 보면 '25년 만의 감격적인 친구 상봉'이라 부를지 모르겠지만, 나는 석희에게서 내 청춘의 진한 향수가 느껴져 마음 한 구석이 따뜻해지는 것을 느꼈다.

그들 내외를 위해 예약해 두었던 매장 근처 근사한 이탈리안 레스토랑에 가서 우리는 네 시간이 넘도록 수다를 떨며 그간의 회포를 풀었다. 나는 석희의 말이나 행동, 차림새를 살피며 문득 문득 부끄러워지는 것을 느꼈다. 석희는 몇 만원도 하지 않을 듯한, 그저 실용적이기만 할 것 같은 소박한 시계를 차고 있었다. 그에 반해 내 손목에는 이름만 대면 다 아는 비싼 명품 시계가 반짝 빛나고 있었다.

"석희야, 네 손목을 보니 내 손목이 왜 이렇게 부끄럽게 느껴지는지 모르겠다."

"무슨 소리를 하는 거야. 나는 그냥 일반인이고 너는 패션을 주도하는 디자이너잖아. 그러니 너는 당연히 그런 멋을 부려야지."

석희는 자기는 너무 심하다 싶을 정도로 멋 부리고 치장하는 것에 무관심하다고 말했다. 심지어 양복이 단 한 벌뿐이라고 아무렇지도 않게 말하며 너털웃음을 지었다.

"맙소사! 방송하는 사람이 단벌 신사라는 게 말이 돼? 그리고 내가 누구니, 우리나라를 대표하는 남성복 디자이너야. 네 양복 정도는 내가 충분히 만들어 주고도 남지. 언제 가봉하러 꼭 한번 와. 내가 한 벌 선물할게."

"무슨 양복이야. 방송은 협찬 같은 거 받아서 입으면 돼. 신경 쓰지 마. 너도 알다시피 내가 대학 때부터 단벌 신사였잖아. 그 버릇이 어디 가겠니. 하하."

석희의 너털웃음 속에서 나는 왜 석희가 오늘날 지금의 이런 자리에까지 앉을 수 있었는지를 어렴풋이 알 것 같았다. 석희는 젊은 시절의 풋풋함을 여태 간직하고 있었고, 청춘에 품었던 반듯하고도 올곧은 신념을 그 길고 지난한 세월 속에 묻거나 잊어버리지 않고 오롯이 가슴에 품고 있었다.

내가 알고 지내는 어느 젊은 작가는 그의 사춘기를 석희를 역할모델로 삼아 성장했다고 한다. 안팎으로 반듯한 석희의 모습은 어쩌면 자신이 평생 좇아야 할 멋진 사람의 표본이라고 했다. 그 말을 전해 듣고 다시 석희를 만났기 때문일까. 석희는 그날 내게도 들꽃 같은 선물을 한 다발 안겨주고 간 것 같다. 그 들꽃들 속에는 소박하지만 그래서 어쩌면 더 아름답게 빛을 내는 가치 있는 그 어떤 것이 담뿍 담겨 있었다.

photo by 허광

전혜금 여사, 금난새 선생과의 소중한 인연

대학 입학 후 첫 카니발이 점점 가까워지고 있었다. 당시 여자친구도 없고 그렇다고 딱히 카니발에 데리고 가고 싶을 만큼 마음에 드는 여자를 만나지 못했던 나는, 카니발 파트너를 구하지 못해 부쩍 고민을 하고 있었다.

그때의 나는 다니던 대학 근처에서 하숙을 하면서, 늘 같은 길을 걸어 학교와 하숙집을 오갔다. 그 길에는 '금잔디 유치원'이라는 푯말을 건 작은 유치원이 있었는데, 늘 무심코 지나다녀서인지 그곳에 유치원이 있다고 발견한 것도 바로 그날이었다. 아름다운 여인을 발견했던 바로 그날 말이다.

유치원 창 너머로 보이는 그 아름다운 여인은 다름 아닌 그 유치원 원장쯤으로 보이는 중년의 여인이었다. 중년의 여인이라고는 믿어지지 않을 만큼 날씬한 몸매의 소유자였고, 깔끔하고 심플한 검정 원피스 차림에, 아이들을 향해 무어라 설명하는 얼굴에는 순수함이 배어 있었다.

"저기, 안녕하세요. 원장님을 뵈러왔는데요."

나는 계면쩍은 인사를 하고 원장실 문 앞에서 얼쩡거렸다. 이윽고 문을 열고 원장님이 나왔다.

"실례지만, 누구시죠. 제가 여기 원장이에요."

"아, 네. 안녕하세요. 저는 장광효라고 하는데요."

나는 대뜸 내 이름부터 밝힌 후 두서없는 이야기를 늘어놓기 시작했다. 장식미술을 전공하는 대학생이고, 이 근처에서 하숙을 하고 있으며, 당장 내일이 대학 입학 후 처음 맞는 카니발이라는 것까지 말했다.

"그런데요? 학생, 그걸 왜 나에게 말하는 거죠?"

내 두서없는 이야기에 다소 당황한 듯 원장님이 말했다. 나는 그때 참 말주변이 없던 숙맥이었다.

"아니, 그게, 내일이 카니발인데, 같이 갈 파트너를 아직 구하지 못해서……."

나는 또 두서없는 말을 늘어놓기 시작했다.

"저는 하루에도 몇 번씩 이 유치원 앞을 지나가는데요. 지나갈 때마다 창 너머로 원장님의 모습을 보았어요. 순수하고 아름다운 모습이 내 마음을 설레게 하고 기분 좋게 만들었는데, 그래서 내일 카니발에 원장님을 내 파트너로 모시고 꼭 가고 싶어요."
내 횡설수설한 말이 끝나기가 무섭게 원장님은 폭소를 터트리며 웃었다. 그리고는 아주 흔쾌히 내 제안을 받아 들이셨다.
"그래요! 내가 기꺼이 학생의 카니발 파트너가 되어 줄게요. 내일 몇 시쯤 나를 데리러 올 건가요?"
다음날, 카니발 행사장은 나와 원장님으로 인해 발칵 뒤집혔다. 나는 단지 내가 또래의 파트너가 아닌 중년의 여인을 파트너로 데리고 나타나서 다들 놀라워하는 줄 알았다. 그런데 실제로 사람들이 놀라워했던 이유는 다른 데 있었다. 내가 모시고 나타난 중년의 여인이, 바로 국민 가곡 〈그네〉를 작곡한 유명한 음악가 '금수현' 선생의 부인인 '전혜금' 여사님이었던 것이다.
나는 이렇게 유명한 분이, 아무것도 모르고 카니발 파트너가 되어 달라는 어린 대학생의 청을 그토록 기꺼운 마음으로 받아주신 것에 너무 감사했다. 아무튼 그날 카니발의 밤은 내 추억의 한 페이지를 멋지게 장식해 주었다. 물론 전혜금 여사님과 내 인연은 그 분의 아드님과의 희한한 인연으로 인해 계속 이어질 수밖에 없었다. 그분의 아드님, 지휘자 '금난새' 선생과의 나의 첫 만남은 그렇게 좀 독특했다.
혼자 대중목욕탕을 가게 되면, 꼭 이런 고민을 하게 마련이다. 어느 정도 몸을 씻은 다음에는 자신의 등을 밀어 줄 누군가를 찾아야 하는데, 그게 그리 녹록하지 않다. 왜냐하면 목욕탕 안의 많은 사람들 중 자신과 같이 혼자 목욕을 하는 누군가를 찾아야 하기 때문이다. 그래야만 서로 등을 밀어 주며 품앗이를 할 수 있기 때문이다.

그날 나는 혼자서 대중탕을 찾았고, 어느 정도 몸을 씻은 후 내 등을 밀어 줄 누군가를 찾고 있었다. 그때였다. 두리번거리고 있는 내게, 내 등을 툭툭 치며 누군가가 말을 걸었다.

"저기, 혼자 목욕하시나 봐요. 혹시 등을 밀어줄 분을 찾으신다면, 제가 밀어 드릴게요. 대신 제 등도……."

이렇게 유명한 두 모자(母子)를, 한 분은 카니발 파트너로 한 분은 목욕탕에서 등을 밀어 주는 남자로 만났던 것이다. 너무도 어처구니가 없는 만남을 생각하니 나 역시 웃음이 터져 나와 견딜 수가 없다. 물론, 이 두 분과의 특별한 인연은 몇 십 년이 지난 후 내 아내의 연주회까지 이어졌다.

전혜금 여사님도 금난새 선생도 내 젊은 날 추억의 책장 속에 덮여 있던 어느 날, 아내가 연주회 브로슈어를 하나 가져오며 내게 내밀었다.

"여보, 나 이번에 금난새 선생님과 연주를 같이 해요."

"응? 금난새 선생님과?"

나는 아내의 다른 연주회와는 달리 큰 호기심을 보이며 브로슈어를 살펴보았다.

"네, 금난새 선생님이 오케스트라를 지휘하시고 내가 솔리스트로 노래를 하게 됐어요. 여보, 당신 꼭 참석해야 해요."

아내의 연주회는 그동안 늘 참석해온 터였지만, 이번 연주회는 당연히 참석해야만 했다. '금난새' 선생과 함께 공연을 한다고 하니, 괜히 내 마음이 더 설레었다. 몇 십 년 만에 그 분을 뵙고 인사도 드리고 싶었다.

아내의 공연이 있던 날, 나 역시 평소보다 더 단정한 차림으로 연주회장을 찾았다. 연주가 시작되려면 아직 멀었고, 공연장 내에서는 잠깐의 리허설이 진행되고 있었다. 나는 공연장 뒤 연주자 대기실 앞에서 리허설이 끝나기를 기다렸다. 이내 리허설을 끝내고 금난새 선생이 자신의 대기실 쪽으로 걸어오고 있었다.

"금난새 선생님, 안녕하셨어요."

"네? 아, 누구시죠?"

"선생님, 저 기억 못하시겠어요? 저, 장광효라고, 20여 년 전에 장식미술과 다니고 전혜금 여사님과 카니발 같이 갔던, 우리 왜 목욕탕에서 처음 만났잖아요."

나는 금난새 선생과 추억이 될 만한 모든 기억을 주절주절 이야기했다. 그러자 금난새 선생이 특유의 목소리와 제스처를 취하며 웃으며 말했다.

"아, 기억나요. 납니다. 하하하. 우리 이게 정말 몇 년 만이에요. 일부러 내 공연 보러 온 거에요?"

"네, 그렇기도 하구요. 실은 선생님과 같이 공연을 하는 솔리스트가 바로 제 안사람입니다."

"그렇군요. 장광효 씨와 내가 또 이런 인연이 있다니 정말 신기하고 놀랍습니다."

"선생님, 저는 지금 남성복 디자이너로 일하고 있어요. 언제 시간 내서서 저희 매장에 들르세요. 멋진 턱시도 하나 만들어 드릴게요."

일전에 나는 한 TV 프로그램에 출연해 금난새 선생의 다 해진 턱시도를 나의 애장품으로 공개한 적이 있다. 안감의 팔 연결 부분이 누더기가 될 정도로 해진 옷 상태가 지휘자 금난새 선생의 부단한 연습과 노력을 말해주며 잔잔한 감동을 선사하기도 했다. 그것이 바로 이 연주회 후 내가 직접 제작해 드린 옷으로, 5년 전 다시 금난새 선생으로부터 수선을 의뢰 받고 내가 계속 보관하고 있는 옷이다.

양복 속 안감이 다 해질 정도로 연습하고 노력한 덕택으로 말미암아, 금난새 선생은 여전히 존경받는 지휘자로 건재하고 있다. 그리고 목욕탕에서 처음 맺은 인연을 시작으로 끊어질 듯 이어지며 계속되고 있는 금난새 선생과 나와의 인연은, 아마 앞으로도 아름답게 지속될 것으로 믿어 의심치 않는다.

진정한 멘토, 진태옥 선생님

장식미술을 전공하며 부전공으로 의상학을 택했던 나는 일주일에 꼭 한 번은 명동을 찾았다. 그 당시 명동은 모든 유행을 주도하던 곳이었고 파격의 탄생지였다. 그래서 이런 전공을 가진 나에게 있어 명동은 다른 사람들에 비해 다소 특별했다. 학교에서 배우는 것 이외에 실제적인 학습 현장 역할을 해주었기 때문이다. 그곳에는 온갖 옷 매장들이 즐비해 있었는데, 특히 내가 명동을 찾을 때마다 단 한 번도 빼 놓지 않고 들르게 되는 '참새 방앗간'과도 같은 매장이 하나 있었다. 바로 '디자이너 진태옥'의 매장이었다.

나는 1시간이 넘게 진태옥 선생님의 매장 앞에 서서 쇼윈도를 뚫어지게 바라보았다.

'어쩌면 저렇게 옷이 멋있지. 다른 디자이너의 옷에 비해 어떤 특별한 장치를 하지 않았는데, 어떻게 해서 저런 분위기를 연출했을까.'
나는 매번 탄복하지 않을 수 없었다. 그녀의 멋스러움에, 그녀의 시크Chic함에 언제나 경탄했다. 그리고 나도 언젠가 디자이너가 되면 진태옥 선생님처럼 훌륭한 디자인 감각과 미적 심미안으로 멋진 옷을 만들어야겠다고 다짐하고, 또 다짐하곤 했다. 말하자면, 그녀는 디자이너로서 나의 존경하는 '롤모델'이었다.
그렇게도 열망하고 존경해마지 않던 진태옥 선생님이 압구정동 카루소 매장 근처로 이사를 오신 날, 나는 반가움과 설레는 마음을 감출 수 없었다. 하늘과도 같은 디자이너 선배님은 이제 겨우 자기 브랜드를 갖고 출발하는 햇병아리 디자이너 후배에게 항상 관대하고 다정하셨다. 진태옥 선생님과 나는 이웃에 살면서 주일에는 교회도 함께 나가고 내 아내와도 자주 만나며 친분을 쌓았다. 특히 진 선생님은 아내의 예의바름과 단정함을 늘 칭찬하셨다. 또한 나를 SFAA 회원으로 추천하여 유명 디자이너 조직의 일원이 되게 배려해주시기도 했다.
다른 여타의 세계에 비해 다소 개인주의가 심하고 후배의 일 따위에는 나몰라라 하는 패션계에서 진태옥 선생님은 나에게 특별한 선배일 수밖에 없었다. 내가 파리컬렉션에 처음 진출했을 때, 나보다 훨씬 먼저 그 무대를 서본 당신께서는 분주하게 쇼 준비를 하고 있는 내게 직접 찾아와 격려를 아끼지 않았다.
"장광효 선생, 처음이라 이것저것 다 힘들지."

"네, 선생님. 왜 이렇게 다 서툰지 모르겠어요. 잘 할 수 있을지도 의문이구요."

내 자신감 없어하는 대답을 듣고 진 선생님은 더 환한 미소를 던지며 말했다.

"처음엔 누구나 다 힘든 게 당연해. 그래도 용기 잃지 말고 준비 잘해서 누구보다 멋진 쇼, 시원하게 보여줘요. 알겠죠?"

진태옥 선생님의 진심어린 격려는 마치 천군만마를 얻은 듯 내게 힘을 주었고 내 첫 쇼는 누구 못지않게 아주 성공적으로 치러졌다. 황홀한 쇼가 끝나자 나도 모르게 헛헛한 마음이 몰려와 울컥하고 눈물이 쏟아지려 하던 차, 무대 뒤로 진태옥 선생님이 또 나를 찾아 오셨다.

"장광효 선생, 잘했어. 정말 멋졌어!"

"선생님, 근데 왜 이렇게 눈물이 나려는 건지 모르겠어요."

나는 투정하는 아이처럼 선생님 앞에서 울먹였다.

"괜찮아. 그래 울어. 눈물 날거야. 이게 얼마나 감격적인 무대인데. 암, 눈물 날거야."

울음을 삼키고 있는 나에게 진태옥 선생님은 감정을 숨기지 말고 토해내라고 했고, 진 선생님과 나는 서로 마주보고 펑펑 울었다. 아마 그 눈물 속에는 힘들게 준비한 쇼를 성공적으로 마친 기쁨의 눈물도 있었겠지만, 나를 위해 함께 울어주는 진 선생님의 애정 어린 마음에 감격해서 흘린 눈물도 적지 않았으리라.

한국 패션계의 역사와 함께 해온 진태옥 선생님은 어느덧 70대를 살고 있다. 하지만 여전히 소녀의 그 여린 감성을 고스란히 갖고 계신 아름다운 분이시기도 하다. 나이가 들면 생기는 깊게 파인 주름살이 얼마나 훌륭한 인생의 깊이를 나타내 줄 수 있는 요소가 될 수 있는 지를 나는 진 선생님을 통해 느낀다.
선생님은 아직도 패션쇼를 놓지 않고 예의 그 녹슬지 않은 열정을 불태우시며 후배들에게 귀감을 보여주시고 있다. 그래서 진태옥 선생님을 보면 나이가 든다는 것이 결코 두려울 일만은 아니라는 생각도 든다. 우리가 걱정해야 할 것은 늙음이 아니라 녹스는 삶이며 행복의 비결은 필요한 것을 얼마나 갖고 있는 가가 아니라 불필요한 것에서 얼마나 자유로워져 있는가에 있음도 배운다. 그럼에도, 가끔 쇼 무대 뒤에서 뵙는 선생님이 예전만큼 기력이 없어 보이면 내 마음은 짠하고 아프다.
사람은 나이가 들면 아무래도 청춘의 그것에 비해 창조력이나 아이디어가 떨어질 수밖에 없다. 이것은 순리이자 자연의 법칙이다. 그렇지만 오직 한 세월이 지나야만 단 하나의 나무테가 만들어지는 것처럼, 연장자가 가지는 그 무수한 경험의 세월과 그로 인해 쌓이는 연륜은 가끔 빛나는 창조력이나 기발한 아이디어를 뛰어넘는 그 어떤 힘을 가졌다. 때문에, 그 어떤 힘은 경이롭기까지 하다. 나는 진태옥 선생님을 통해서 이런 경이로운 느낌을 받는다. 우리 패션계를 이끈 대모, 진태옥. 당신께서 더 오래 후배들을 지켜보며 이 패션계를 이끌어주셨음 하는 욕심을 부려본다.

삶에도
가지치기가
필요하다

"장샘, 나이를 거꾸로 잡수세요. 뵐 때마다 어려지시네요."

"장샘, 젊어지는 약이라도 드시나요? 혼자 드시지 마시고 저도 좀 나눠 주세요."

"장샘, 동안이 되는 비법이 뭡니까?"

오랜만에 나를 만나는 사람들은 내가 점점 어려지고 있다고들 말한다. 처음에는 그저 인사치레겠거니, 듣기 좋으라고 그냥 하는 소리겠거니 했다. 그런데 누구랄 것도 이런 말을 하는 것을 보고 문득 생각했다.

'내가 정말 점점 젊어지고 있는 건 아닐까?'

그런 생각이 든 후부터 거울을 보면서 자세히 꼼꼼하게 내 얼굴을 살펴보았다. 정말 나도 잘 모르는 사이 내가 실제로 젊어져 있었다. 내 나이

또래의 사람들에 비하면 적어도 다섯 살은 아래로 보이기도 했다. 그런데 과연 이 젊음의 비법이 무엇일까?

사람들이 하도 동안의 비결이 무엇이냐고 캐묻는 바람에 어느 순간 내 입에 절로 이런 말이 붙었다.

"아이구, 제가 속이 없어서 그런가 봐요."

툭하고 그냥 내뱉은 말이었지만, 나중에 곰곰이 생각해보니 실제로 '속'이 없어서 젊어졌다는 사실을 알게 되었다. '속이 없다'는 것은 '욕심을 버렸다', '마음을 내려놓았다'라는 말과 맥이 통하는 것 같았다.

젊은 날에 큰 성공도 해보았고, 중년에 엄청난 실패도 맛보았다. 또 평생을 통해 모아온 값비싼 앤티크 제품이 화재로 인해 하루아침에 재가 되는 광경을 보고 난 후 나도 모르게 깨달은 바가 있었던 것이다. 부귀도 영화도 물질에 있는 것이 아니라 내 마음속에 있는 것이라는 것을. 내 마음이 부유하면 그게 진짜 부자라는 것을 알게 된 후, 나는 마음의 부자가 되기 위해 나를 비우는 연습부터 해야 했다. 그리고 기본을 지키며 순수한 마음으로 사는 연습을 시작했다.

사람들은 디자이너라고 하면 화려하고 사치스러울 거라 생각하는데 내 일상은 지극히 단조롭고 평범하다. 물론 나도 젊었을 땐 다른 사람처럼 친구와 파티를 좋아했다. 그러나 결혼하면서 아내의 내조와 충고가 그런 내 삶의 방향을 조금씩 바꾸어 놓았다.

부부와 가족중심의 생활, 일을 벗어나서는 집에서 조용히 지내거나 청소, 요리, 장을 본다든지 산책을 하는 등 나만의 시간을 즐기며 재충전하는 시간을 자주 가졌다. 책을 읽다가 잠이 드는 식의 일상을 단순히 즐기는 평화로운 생활이 나의 패션 세계를 더욱 깊어지게 했다. 또 불필요한 관계나 가식적인 일들은 가지치기를 하고 오직 가정과 나 자신의 내면, 일상에 충실하다보니 늙을 일도 없고 행복해지는 일만 늘어났다. 가끔 퇴근하는 길에 아내에게 어울릴 만한 옷이나 가방을 둘러보거나 성악가 아내가 무대에 설 드레스를 손수 만들어주는 일을 하며 보람을 느꼈다. 바로 이런 것들로 인해 내가 그 잘나가고 화려했던 시절보다, 더 젊고 행복하게 살고 있는 게 아닐까 한다.

욕심을 내려놓는 마음의 수양과 더불어 나를 동안으로 살게 하는 또 한 가지 비법은, 바로 운동이다.

나는 매일 퇴근한 후, 저녁을 먹고 밤 9시쯤 인근 중학교에 가서 운동을 꼭 한다. 내가 가장 아끼는 우리집 진돗개 '순희'와 함께. 처음에는 하루 종일 혼자 쓸쓸했을 순희를 위해 주인 된 도리로 시작한 산책이었지만 결국은 나의 건강을 위한 운동이 되었다.

나는 오늘도 나의 충견 순희와 함께 산책을 한다. 매일 매일 마음을 내려놓는 연습을 한다. 이것이 내가 동안으로 사는 진정한 비법이다.

스타일이
모든
것을
말해주는
시대

나는 요즘 옷을 만드는 내 본업 외에 기업 CEO의 이미지 관리 차원에서 드레스 코드에 맞는 옷을 만들어주고 있다. 한 기업의 총수가 되면 일주일에 한 번 정도 파티에 참석하고, 외국 바이어들과 회의도 하고 같이 레저도 즐긴다. 옛날에는 CEO들의 나이가 60대, 70대였는데 지금은 40대, 50대가 많아 그들과 대화를 하다보면 느끼는 바가 크다.

'그들은 어떻게 젊은 나이로 그 자리에 앉게 되었나.'

늘 이런 궁금증을 갖고 그들을 대하다 보니, 어느 순간 한 가지 공통점을 찾게 되었다. 그들에게는 어린이에게서 느낄 수 있는 순수함이 있었다. 대략 열 명 정도의 옷을 담당하는데 그들의 얼굴빛은 하나같이 굉장히 순수하고 맑다.

나는 그 현상을 이렇게 해석했다.
'저 사람들이 이 높은 자리에 오를 때까지 물론 경쟁도 많이 했겠지. 하지만 실력 외에도 마음속의 순수함과 세상을 보는 맑은 눈이 있기 때문에 피마르는 상황도 뚫고 나갔던 거야.'
또 그 순수함이 상대방에게 감동을 주고 타인을 자기 사람으로 만들게 하는 리더십이 되지 않을까 생각했다.
게다가 그들은 다들 멋있다. 그 멋이라는 것은 머리에서부터 발끝까지 다 명품으로 치장해서 생긴 멋이 아니다. 내면에서 풍기는 자신만의 독특한 멋, 즉 매력이 넘쳤다.
과거 남자들에게 경제력이 성공의 잣대였다면 이제는 그 사람의 스타일이 모든 것을 말해주는 시대로 바뀌었다. 그리고 그 스타일은 단순히 패션에만 머무르지 않는다. 외모와 더불어 교양과 매너, 인간관계까지 라이프스타일의 모든 것이 한 사람의 이미지를 결정한다.
아직까지 대한민국에서 스타일이란 말을 패션으로 받아들이는 남성들이 많다. 하지만 삶에서 사소한 신호들이 남자의 성공을 결정한다는 것을 아는 남자라면 자신의 스타일을 가볍게 여기지 못할 것이다. 잘 차려 입은 슈트 한 벌에서 우러나오는 감각 그리고 그의 세련된 매너에서 성공의 징후를 읽을 수 있다. 이제 남자들도 라이프스타일을 관리하는 법을 하나씩 배워야 할 때가 왔다.

먼저 자기 자신을 가꿔야 한다. 멋도 좀 낼 줄 알아야 한다. 멋을 전혀 모르는데 매력이 있다는 것은 말도 안 되는 말이다. 그래서 명품이 뭔지 국내 브랜드가 뭔지 알 필요도 있고, 또 어떻게 하면 자신의 스타일이 사는지, 어떻게 하면 대화할 때 상대방에게 실례되지 않는 건지 고민하고 생각해보아야 한다.

또한 나는 비즈니스 때문에 많은 여성을 만나는 편이다. 특히 홍보회사 직원이나 스타일리스트를 자주 만나는데, 그 사람을 처음 딱 봤을 때 몇 초 안에 그 사람에 대해 파악이 된다.

'이 사람과는 비즈니스를 해야겠다. 이 사람에게 협조를 해줘야겠다.'

물론 거기서 결정이 안 난 것은 대화하면서 결정한다. 하지만 대개는 첫 만남에서 판가름이 난다. 그만큼 사람이 풍기는 매력은 중요하다.

그렇다면 매력은 어떻게 해야 생기는 것인가. 종종 나는 세련된 스타일을 원하는 사람들에게 모델들이 다니는 아카데미에 다녀 볼 것을 권하곤 한다. 굳이 모델이 되지 않더라도 그곳에서 몸매 관리라든가 워킹, 시선처리, 자세 등을 배우면 사회 생활하는 데 굉장히 좋을 것 같다는 생각에서다.

몸매 관리나 표정, 매너가 어느 정도 갖춰지고 나면, 다음은 옷차림이다. 옷 전체를 명품으로 치장한 사람은 매력은커녕 오히려 꼴불견이 되고 만다. 오히려 시장에서 산 값싼 옷을 입더라도 가끔 하나 정도 잘 안 보이게 명품을 섞어 세련되게 하고 다니면 더 신뢰감을 준다. 머릿속에 뭔가 들어 있을 것 같고 영리해 보이기까지 한다.

바야흐로 매력이 넘쳐야 성공하는 시대, 나의 스타일은 어디에서 연유하여 어떻게 완성되었는지 돌아볼 일이다.

디자이너 진태옥 선생님과 함께

photo by 권영호

SFAA
SEOUL FASHION ARTISTS ASSOCIATION
Members
35th08S/S
SFAA
장광효
CHANG KWANG HYO

PART 4

한국 패션, 끝없이 정진하라

그 시절의 힙스페이스, 1970년대의 명동

미술을 전공하기로 결심한 후, 나는 부쩍 기타 장르의 예술에 대해서도 관심을 쏟기 시작했다. 휴일이면 혼자 종로로 나가 영화 한 편을 보는 것으로 학업으로 인해 쌓인 스트레스를 날려 보내기도 했고, 인사동의 골동품 가게를 기웃거리며 우리의 전통적인 예술품들도 눈여겨보았다.

하지만 무엇보다 그 당시 고등학생이던 내게 있어, 강력한 영감의 원천지이자 동경해마지않던 곳은 다름 아닌, 밝은 골짜기 '명동(明洞)'이었다.

그때 '명동'은 맛있는 빵부터 시작해서, 멋쟁이 아가씨, 클래식 음악다방 등 트렌드를 주도하는 거의 모든 것들이 그곳에 우글우글 모여 있었다. 아마 지금의 압구정이나 청담동 정도로 생각한다면 이해가 쉬울 것이다.

나는 그곳에만 파는 맛있는 빵을 즐겨 사먹고, 그곳의 옷가게를 유심히 살피고 다녔다. 지금은 없어진 한일관의 갈비탕, 고려삼계탕의 통닭 맛은 물론 그 당시 최고 멋쟁이들의 아지트였던 사보이 호텔 커피 맛은 그리움으로 남아있고, 세시봉 필하모닉, 챔피언 다방의 DJ였던 지금은 원로가 되어버린 이종환, 윤형주의 목소리가 귓전에 아른거린다.
또한 호기심과 함께 다른 곳에서는 구경조차 할 수 없는 중국대사관 앞의 외국 서점들은 나의 판타지이자 그리움으로 되어버린 지 오래다.
중학교 시절에는 도스토예프스키의 문학에 빠져 러시아를 동경했다. 그리고 고등학교 시절에는 〈닥터 지바고〉란 영화에 빠져 다시 또 러시아를 동경하게 되었다. 특히 주인공이 입은 밀리터리 룩의 코트에 단번에 반해버렸다. 그리하여 그 옷을 찾아 명동은 물론 무교동, 광교, 충무로까지 주변의 가게들을 샅샅이 뒤지고 다녔고, 마침내 그 비슷한 옷을 찾아내고는 직접 리폼을 해서 입기도 했다. 아마 패션 디자이너로의 조짐은 명동을 쏘다니던 이때부터 복선(伏線)으로 슬슬 깔리고 있었는지도 모른다.
또한 명동은 내 또래들 사이에서는 하나의 로망인지라 누군가 주말을 그곳을 쏘다니며 보냈다고 한다면, 단지 그 이유만으로도 친구들로부터 더 없이 무한한 부러움을 사기도 했다. 그게 무슨 부러움 살 일이냐 하겠지만 그때는, 우리 때는 그랬다.
"나 어제 명동에 갔었어."

한 친구가 마치 큰 벼슬이나 한 듯 의기양양하게 말했다.

"그래? 이야, 부럽다. 근데 거기서 뭐 본 것 없어?"

교실에 있던 친구들은 우르르 그 친구에게로 몰려가 질문을 던졌다.

"응, 여배우 남정임이랑 윤정희도 봤다. 아주 근사한 옷을 차려입고 쇼핑을 즐기고 있는 걸 내가 직접 봤잖아. 정말이지 진짜 예뻐."

우리에게 명동은 그냥 그렇게 존재하는 것만으로도, 그 뜻 그대로 빛이 났다. 사람도 많고 멋쟁이도 많은 그곳은, 우리나라에서 가장 세련된 동네이기도 했다. 동대문에서 싸구려 취급받거나 종로에서 퇴물 취급받던 것도 명동에만 가져다 놓으면 모두 세련되고 근사하게 보일 정도였다. 그러니 그 당시, 1970년대 '명동'이라는 동네가 내뿜는 '아우라'가 얼마나 대단했는지에 대해 미뤄 짐작하고도 남으리라.

내가 명동을 즐기던 시절에 비해 지금의 명동은 너무 상업적으로 변하였다. 또 예전의 그 아우라나 세련됨은 영영 자취를 감추어 버린 게 아닌가 싶어 조금 씁쓸한 생각마저 든다.

명동 거리를 활보하며 트렌드를 익히고, 이따금 음악다방에 들러 대학생들 사이에서 클래식 음악을 훔쳐 듣던 열여덟 살 고등학생이던 나는, 새롭게 옮겨진 유행의 중심지 압구정과 청담동에서 유행을 창출하는 지천명의 패션디자이너가 되어 있다.

하지만 여전히 내 영원한 로망, 그 옛날 1970년대의 명동을 사무치게 그리워하고 있다.

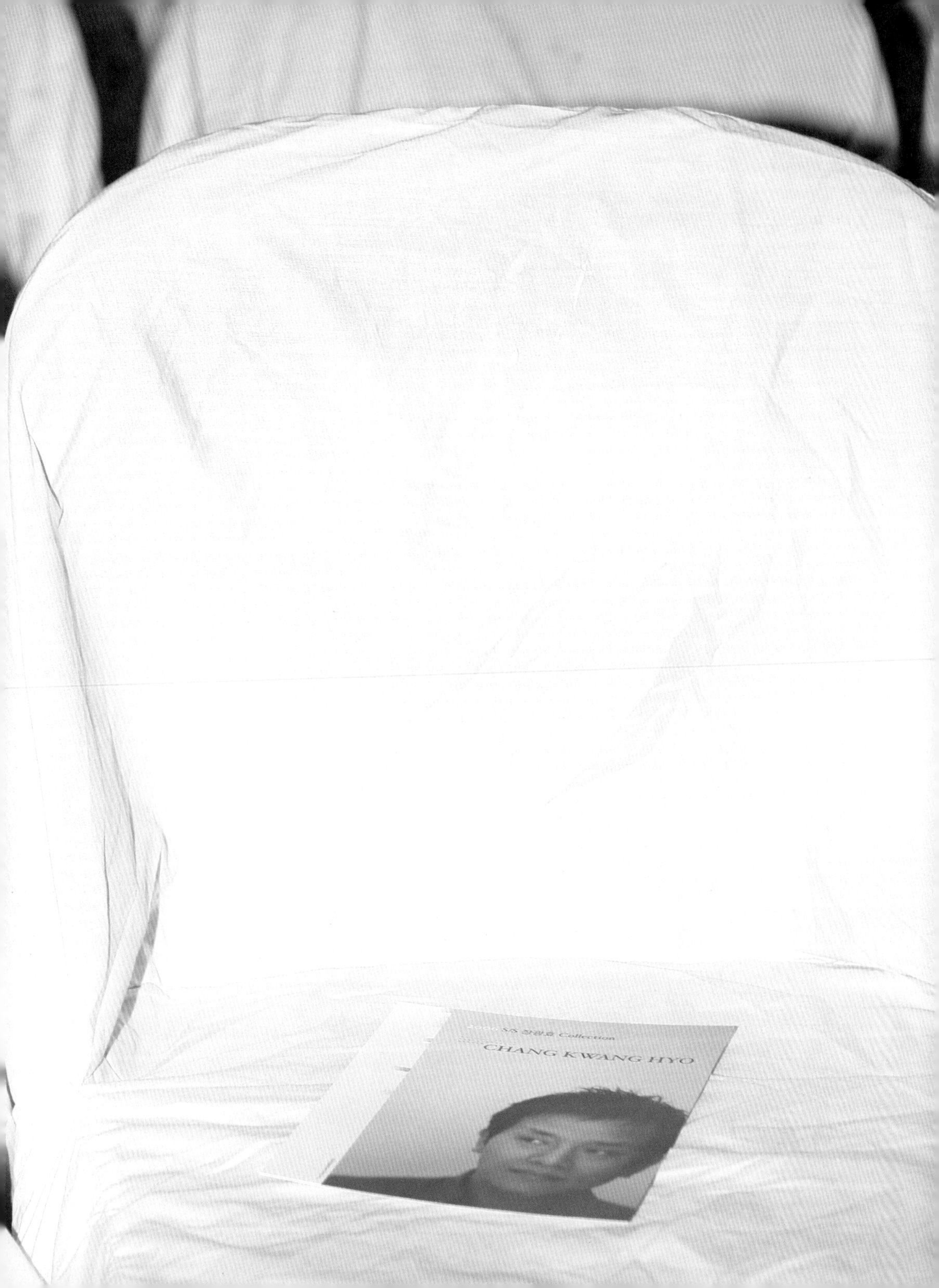
CHANG KWANG HYO

눈을
높이는
경험을
많이
하라

아무것도 모르고 날뛰던 대학교 1학년 시절. 유명한 건축가 김수근 교수의 '조형론' 강의를 들었다.

"장광효, 자네는 꿈이 뭔가?"

그 첫 강의 중 교수님이 내게 질문을 던졌다. 강의와는 전혀 무관해 보이는 뜬금없는 교수님의 물음에 나는 당황해 좀 주춤거리며 대답했다.

"디자이너가 꿈인데요."

"그래? 그럼 디자이너가 꿈인 자네는 친구들을 만나면 주로 어디를 가나?"

꿈이 뭐냐고 물으시더니 이번엔 친구랑 어디를 가냐니! 교수님의 의중을 파악하지 못하고 얼떨떨했던 나는 또 머뭇거리며 대답했다.

"학교 앞 주점 같은데요."

그 당시 나는 친구와 어울려 소줏집에 주로 가고, 돈 좀 생기면 돈암동에 가서 생맥주를 마시곤 했다.

아무튼 대답이 떨어지기 무섭게 교수님이 따지듯 다그치셨다.

"뭐라고? 장차 디자이너가 되겠다는 사람이 친구와 어울려 간다는 곳이 고작 허름한 주점이라고? 다음부턴 꼭 인테리어가 잘 된 근사한 곳으로 다니도록 해!"

'도대체 교수님은 무슨 의미로 저런 말씀을 하시나. 디자이너가 꿈인 사람은 소줏집에 다니면 안 된다고 어느 법에 나와 있다나?'

엉덩이에 뿔난 망아지처럼 철모르고 날뛰던 대학 1학년 장식미술과 학생이었던 나는, 교수님 말씀 속의 그 숨은 뜻을 헤아리기에는 내공이 턱없이 부족했다.

"그런 곳에 갈 돈이 없는데 어떻게 해요?"

"주점 열 번 갈 돈을 아껴서 그런 곳에 한 번 가면 되잖아."

말씀인즉, 디자이너가 되겠다는 사람이 노상 구멍가게나 라면집, 소줏집만 전전하다보면 디자인 감각을 키울 수 있는 심미안이 생기지 않는다는 것이다. 좋은 걸 많이 보고 직접 체험하고 몸소 느껴봐야 비로소 좋은 디자인을 할 수 있으니 말이다. 한마디로 눈을 좀 높여 보라는 말씀이었다. 나에게 허름한 주점 대신 분위기가 좋고 인테리어가 멋있는 근사한 곳에 가라는 교수님의 의중은 바로 이것이었다.

그제야 무릎을 치며 참 일리가 있는 말씀이다 싶어 나는 그대로 곧 실천에 옮겨보았다.

갤러리에 가서 그림도 구경하고, 백화점도 가고, 호텔 커피숍에 가서 한껏 분위기도 잡아보았다. 확실히 인테리어가 잘 되어 있는 데를 가보니, 아주 조그마한 가구도 뭔가 달랐다. 사소해 보이는 조명에 따라서 분위기가 180도 달라진다는 사실도 알게 되었다.

사람도 구두나 벨트, 가방을 어떻게 활용하느냐에 따라 좀더 세련되고 멋있어 보인다. 또 피부나 머리 손질을 어떻게 하느냐에 따라 신뢰감이 달라진다. 말하자면 사람이나 물건이나 공간이나 모두 다 '디자인'에 의해 좌지우지된다는 것을 알게 되었다.

'이야, 이렇게 중요한 것이 바로 디자인의 역할이구나.'

나는 이곳저곳의 온갖 분위기 있고 멋있는 곳을 찾아다닌 끝에, 디자인을 통해 삶의 기쁨을 누려야겠다고 결심했다. 그러려면 앞으로 누구보다 열심히 일하여 능력을 갖춰야 하고 돈도 많이 벌어야겠다고 생각했다.

또한 내 눈으로 직접 확인하고 직접적인 경험을 통해 무언가를 느끼는 것은, 그 감각을 더 배가시켜준다는 것을 알고는 뭐든 많은 경험을 하려 애썼다. 백 번 말하는 것보다 한 번 보게 하는 게 그 효과가 크지 않던가. 그래서 이런 경험을 쌓는다는 명목으로 본의 아니게 부모님도 여러 번 속였다. 외국으로 여행을 가 많은 것을 느끼고 싶었던 나는, 학생 때 책 산다고 실습한다고 거짓말을 해서 용돈을 모았다. 그래서 그 돈으로 식구들 몰래 일본, 홍콩 등지로 외국여행도 다녀왔다. 우리나라보다 더 발전된 나라에 가서 내 눈을 높이는 여행을 한 것이다.

디자이너는 늘 새로운 아이디어를 창출해 내야 하는 사람이다. 그래서 많은 훌륭한 경험들은 바로 이런 아이디어를 생산하는 데 지대한 공헌을 하기 마련이다. 따라서 아무리 초보 디자이너라 하더라도 그 디자이너가 생각해 낸 디자인만 봐도 대번 디자이너의 눈높이를 알 수 있다.

'이 디자이너는 대학생활 하는 동안 정말 훌륭한 경험들을 했구나. 저 디자이너는 학교 다닐 때 집과 학교만 오가고 학점에만 연연하고 오직 돈 버는 아르바이트만 하다가 졸업했구나.'

노련한 디자이너의 눈에는 단번에 티가 난다. 그리고 설령 처음 시작할 무렵에는 이 디자이너나 저 디자이너나 차이가 나지 않는다 하더라도, 어느 시기에 이르게 되면 그 실력차이는 확연해진다. 이것은 내가 오랜 경험을 통해 직접 보아온 현실이다. 예전에 많은 직원을 거느리고 있을 때 종종 차이들을 목격했으니 말이다.

대학 다닐 때 아르바이트를 하면서 생활에 대한 것을 느끼고 돈 버는 요령을 배우는 것도 물론 중요하다. 하지만 대학 생활은 인생에서 다시 돌아오지 않는 최고의 시간이다. 그만큼 황금같이 귀한 시간을 돈을 버는 요령을 배우겠다고 아르바이트만 하면서 보낸다면 얼마나 안타깝고 억울한 일이겠는가. 게다가 장래에 디자이너를 꿈꾸는 학생이라면 그런 요령을 익힐 시간에 좀 무리를 해서라도 여행도 다니고, 감각을 키우고 심미안을 가질 수 있는 많은 것들을 찾아서 시도해 볼 필요가 있다. 막상 사회에서 나와서 일이 바로 앞에 닥친 후에 그것들을 키우겠다고 발악을 한들, 이미 한참 늦은 뒷북이요, 때늦은 후회만 안겨줄 뿐이다. 절대로 시간은 사람을 기다려주지 않는다. 흘러가는 그 시간들을 어떻게 현명하게 붙잡느냐는 모두 각자의 몫이다. 디자이너를 희망하는 모든 젊은이들에게 다시 한 번 당부하고 싶다.

눈을 높이는 경험을 많이 하라!

세계적인
디자이너를
원한다면,
우선
떠나라!

내가 남성복으로 국내 시장을 어느 정도 석권한 뒤, 꿈의 무대인 파리로 진출해서 세계적인 디자이너가 되어야겠다는 생각에 파리에 갔을 무렵이다. 물론 내 나름대로 시장조사도 철저히 하고 갔다. 애초의 계획은 파리에서 몇 년 정도 일하다 세계적인 브랜드의 디자이너가 되려는 것이었다. 그런데 그곳에서 좀 일을 하다 보니 내가 파리에서 세계적인 디자이너가 되는 것은 달걀로 바위를 치는 격이란 생각이 들었다. 문제점이 무언지 곰곰이 따져보았다. 문제는 다름 아닌 우리나라의 유통구조나 디자인의 역량 등이 파리의 패션계에 비해 너무 열악하다는 것으로 결론이 나왔다.

사실 디자인 능력이라든가 순발력이라든가 팀워크는 우리나라 디자이너들이 외국에 있는 유명 디자이너보다 훨씬 더 낫다고 나는 생각한다.
그런데 왜 우리 디자이너들이 그곳에서 평가받지 못할까?
그것은 우리네 디자이너들은 올 라운드 플레이어로 뛰어야 한다는 것이 문제였다. 유럽 디자이너는 한 가지 일만 집중한다. 오직 패션에만 전념하고, 말하자면 거의 패션쇼만 한다. 그에 비해 우리나라 디자이너는 어떤가! 패션쇼도 하면서 사업도 하고, 공장도 운영하고, 원단 발주도 해야 한다. 옷 만드는 일에서부터 마케팅까지 모두 다 디자이너가 해야 한다. 그러니 디자이너 고유의 임무인 옷을 만드는 데 투자하는 시간은 하루 24시간 가운데 두 시간도 채 안 될 수밖에 없다.
우리네 디자이너의 현주소는 이렇다. 외국에 나가서 방금 쇼를 마치고도 조금도 쉴 틈도 없다. 곧바로 한국으로 돌아와 사업상 바이어들을 만나고 다녀야 하고 사업적 거래를 위해 백화점도 찾아 다녀야 하는 등 눈코 뜰 새 없이 바쁜 현실과 마주해야만 한다. 우리나라 디자이너가 게으른 것도 아닌데, 아니 더 부지런함에도 불구하고 유럽이나 미국에 있는 세계적인 디자이너들과 견주면 수준이 떨어질 수밖에 없는 이유는 바로 여기 있는 것이다.
또한 현실적으로 우리나라 디자이너들은 사업을 해서 돈을 많이 벌어야만 자신의 디자인을 마음껏 할 수 있지만 유럽 디자이너들은 오직 스튜디오와 작업실만 가지고도 하고 싶은 디자인을 마음껏 할 수 있다. 일 년에 두 번 정도 패션쇼만 완벽하게 하면, 사업은 사업을 담당하는 사람들이 해주고, 홍보도 그것을 맡은 전문가가

다 알아서 처리한다. 그래서 정작 그곳 디자이너는 자기 매장이 어디 있는지, 어디서 돈을 버는지도 잘 모른다. 그냥 트렌드에 맞게 상품을 개발하고 쇼만 잘하면 되는 것이다. 그렇더라도 절대 돈 걱정을 할 필요가 없는 것이 파리 디자이너의 현실인 것이다.

어떻게 그것이 가능한가? 바로 대기업에서 후원을 해주면서 디자이너를 키우는 시스템 때문이다.

그네들은 하나의 쇼가 끝나면 곧바로 멋진 휴양지에 가서 한 달 동안 즐기고 잘 쉬며, 그곳에서 그간 고갈된 아이디어를 충전한다. 쇼가 끝나기가 무섭게 부리나케 사업장으로 달려가야 하는 우리네 디자이너와는 사뭇 대조적인 프랑스 디자이너의 모습이다. 정말 부럽다. 말로만 듣는 것이 아니라 실제로 이 광경을 목격하게 되면 질투가 날 정도로 부러움이 몰려온다. 파리에서 패션쇼를 마치고 다시 우리나라로 들어가려고 공항에 갔을 때 바로 이 장면과 딱 마주쳤다.

"장광효 씨, 벌써 고국으로 돌아가는 모양이군요."

비행기를 기다리고 있는 나에게 같이 쇼를 했던 디자이너가 말을 걸어왔다.

"네, 이제 일정이 끝났으니 얼른 돌아가야지요."

쇼가 끝난 직후라 무척 피곤한 상태였던 내가 어색하게 웃어 보이며 대답했다.

"쇼도 성황리에 끝났는데, 재충전의 시간도 가질 겸 파리까지 오신 김에 유럽 이곳저곳으로 여행도 다니시면 좋을 텐데요."

'뭐야. 내가 자기네처럼 그렇게 편한 팔자인 줄 아나봐. 이 사람아, 나는 지금 한국에 돌아가면 할 일이 태산처럼 쌓여있다고!'

속사정도 모르고 여행을 권유하며 껄껄대며 웃는 프랑스 디자이너가 조금 얄미웠다. 그러나 사정을 알 리 없으니 저런 소릴 한다 싶어 나도 그냥 말없이 웃어주었다. 그는 자신은 쇼를 마치고 애인과 함께 남미로 여행을 간다는 말로써 내게 마지막 비수를 꽂으며 총총히 사라졌다.

나는 우리나라에 도착하자마자 파김치가 된 상태로 비즈니스에 시달려야 했다. 그때 내 기분이 어땠겠는가? 디자이너로서 일인 다역을 감당해야 하는 현실이 너무나 힘겨웠다. 내가 3년에 걸쳐 파리컬렉션을 성황리에 마치고 돌아와서, 그 많던 사업체를 접어야 했던 이유도 바로 이런 이중고에 시달린 나머지 국내 비즈니스에 너무 신경을 안 썼기 때문에 일어난 일이었다.

이렇듯 국내에 사업체를 거느리고 세계무대를 꿈꾼다는 것은 현실적으로 불가능하다. 제 아무리 꼼꼼히 준비하고 제 아무리 재정이 튼튼하다고 해도, 주요 활동무대가 세계무대가 있는 그곳으로부터 동떨어진 곳에서 준비한다는 것은, 너무나 위험이 따르고 결과적으로 큰 실패가 옵션으로 따라오게 된다. 그렇다면 어떻게 해야 우리 디자이너도 세계무대에서 당당히 자리매김 할 수 있을까?

만약 앞으로의 꿈이 세계적인 디자이너가 되는 것이라면, 지금 바로 나가라!

꿈꾸는 그 무대가 있는 곳으로 어서 떠나야 한다고 감히 충고하고 싶다. 그것이 뉴욕이든, 파리든, 밀라노든! 대학 졸업 후 외국에 가서 살면서 결혼하고 그곳 문화를 익힌다면, 아마 우리나라에서 발버둥치는 것보다 훨씬 성공할 가능성이 커질 것이다. 물론 이렇게 하는 길만이 그곳 무대에서 우리 디자이너가 살아남을 수 있는 최선의 방책 같아 좀 애석하다. 하지만 이것이 현실이다.

실제로 만약 나에게도 이런 여건이 형성되었다면 나도 지금쯤 세계에서 이름을 떨치고 있지 않았을까 생각해 본다. 지금은 너무 유명한 세계적인 디자이너가 된 '딕 비켄버그'와 나의 상황만 보더라도 내 충고는 유효할 것이다.

파리 패션쇼를 위해 늦은 밤까지도 호텔에서 이런저런 준비를 하고 있을 때였다. 함께 간 직원들과 무대에 올릴 의상에 대해 의논을 하고 있는데, 누군가 내 방문을 노크했다.

'이 늦은 시각에 누구지?'

고개를 갸웃거리며 문을 열었다. 내 의상을 맡은 스타일리스트 가브리엘과 함께 웬 낯선 서양 남자가 웃으며 문 앞에 서 있었다. 그가 바로 딕 비켄버그였다. 그해 나와 함께 파리 남성복 컬렉션에 데뷔한 동기였다.

독일 출신의 딕 비켄버그는 당시 나보다는 조금 어려 보였지만 엇비슷한 나이였다. 우리는 서로 반갑게 인사를 나누고 파리 컬렉션 데뷔 동기로서 서로를 격려했다. 그리고 조금 후 가브리엘과 비켄버그가 쇼를 위해 정리해 놓은 내 의상을 보고 싶다고 해서 나는 아무렇지 않게 선선히 의상들을 꺼내 보였다. 나는 내 옷에 대해 이런저런 구체적인 설명을 덧

붙이며 하나하나 옷을 보여주었다. 두 사람은 유심히 내 의상들을 살피더니, 이윽고 가브리엘이 비켄버그에게 소근소근거리며 말했다.
"비켄버그, 저것 좀 봐. 장광효의 저 슈트를 보라고. 정말 너무 근사하지 않아?"
"비켄버그, 이것도 잘 봐. 이 옷의 라인이나 옷감 선택을 잘 보라고. 정말 대단하지!"
당시 최고의 스타일리스트였던 가브리엘은 신인 디자이너 비켄버그에게 내 옷에 대한 장점을 쏟아냈다. 나는 그저 칭찬받는 기분에 마냥 좋아라 했는데, 좀더 시간이 지나고 보니 그게 경쟁상대인 나를 단지 칭찬을 하러 온 게 아니라 좀 염탐하러 온 것이기도 했다. 그것도 모르고 내가 참 순진했다.
비켄버그나 나나 파리 무대에 데뷔하는 신인 디자이너였지만, 현지 스타일리스트 가브리엘은 아무래도 같은 유럽인인 비켄버그가 이왕이면 더 잘했으면 하는 바람이 있었던 것 같다. 그리고 비켄버그의 염탐은 여기에 그치지 않았고 컬렉션장에 마련된 내 부스에도 웃는 낯으로 찾아와 내 옷들을 세심하게 보고 가곤 했다. 물론 부러움이 역력한 얼굴을 하고서 말이다.
말할 것도 없이 파리 데뷔무대에서는 비켄버그의 옷보다는 내 옷이 훨씬 더 주목을 받았다. 그러나 그 후 사정은 판이하게 달라졌다. 나는 국내에서 비즈니스다 뭐다 이런 저런 격무에 시달리며 겨우 일 년에 두 차례 파리 무대에 서는 정도에 그쳤지만, 비켄버그는 아예 파리에 정착하여 계속 활동을 펼쳐나가 마침내 세계무대에서 인정받는 디자이너로 급부상할 수 있었던 것이다.
내가 겪은 이 일화 하나만 보더라도 세계적인 디자이너가 나올 수 없는 우리의 열악한 현실과, 왜 내가 세계적인 디자이너를 꿈꾼다면 파리, 뉴욕, 밀라노로 하루 빨리 떠나라고 하는지 쉽게 이해가 될 것이다.
그러나 지금 우리나라 대기업에서도 미세하지만 디자이너를 후원하고자하는 조짐이 일고 있다. 몇몇 기업들이 외국에서 활동하고 있는 신진 디자이너들에게 투자해서 그들을 세계적으로 키우려고 하는 것이 그것이다. 우리나라 대기업 운영자들도 디자이너에게 천억 원만 투자하면 몇 조 원의 이익을 얻을 수 있다는 사실을 마침내 깨달은 것이다. 물론 지금은 시작 단계이다. 한국 국적을 갖고 있는 디자이너들이 외국에서 열심히 배우며 활동하고 있는데 기업은 그들에게 투자를 한 뒤 나중에 다시 우리나라에 데려와 활용하려는 것이 그 목적이다. 외국의 디자이너처럼 호사스럽게 여유를 즐길 만큼의 형편은 아니더라도, 배움이나 활동하는 데 있어 큰 돈 들일 걱정은 덜었으니 우리 디자이너 입장에서도 이런 후원은 참으로 귀한 것이다. 또한 그것으로 인해 후원한 기업은 물론 디자이너 본인에게도 훗날 큰 부와 명예가 찾아올지도 모를 테니 말이다.
세계무대를 향해 디자이너로서 꿈을 펼치고픈 후배가 있다면, 다시 한 번 말하고 싶다. 지금 당장 뉴욕이나 밀라노, 파리에 가서 시작해라. 그래야 세계적인 디자이너의 대열에 낄 수 있고 돈도 벌 수 있을 것이다.
일단, 어서 그곳으로 가라!

서울컬렉션을
지켜야
하는
이유

반지하에서 생활한 후 처음 맞는 서울컬렉션이 다가오고 있었다. 사업상 가장 힘든 시기였던 만큼 직원들은 당연히 이번 서울컬렉션은 못할 것이라 여겼던 모양이었다. 한 직원이 와서 혹시나 하는 심정으로 내게 물었다.

"장 선생님, 이번 컬렉션은 그냥 넘기실 건가요?"

"아니, 왜 그냥 넘겨? 당연히 해야지."

직원은 너무 거리낌 없이 아무렇지 않게 대답하는 나를 보고 당황한 것 같았다. 그는 귀를 의심하며 되물었다.

"장 선생님, 이번에 서울컬렉션에 참가하신다는 말씀인가요?"

"응! 지금껏 한 번도 빠지지 않았잖아. 이번에도 당연히 해야지. 안 그래?"

나는 직원이 무엇을 걱정하며 참여 여부를 묻고 또 물었는지 잘 알았다. 당시 내 형편으로 봐서는 컬렉션 참가는 아무래도 무리였다. 월세도 제 때 내지 못해 전기도 나가는 마당에 컬렉션 참가라니! 언감생심 말도 안 되는 소리임에 틀림없다. 그러나 나는 그 어떤 것을 포기하고 희생하더라도 서울컬렉션만은 포기하고 싶지 않았다. SFAA 회원으로 입단한 후, 서울컬렉션에 3회부터 참가한 후 지금껏 단 한 번도 거르지 않고 참가해온 나였다. 내가 디자이너 장광효인 이상, 컬렉션의 포기는 디자이너로서의 포기를 의미할 만큼 그것은 매우 중요한 것이었다.

"장 선생님, 당장 새 원단도 없는데 도대체 무슨 원단으로 옷을 만드시겠다는 거예요?"

열악한 상황에서도 컬렉션에 참가하겠다는 내가 불안해 보였는지 직원이 걱정스럽게 물었다.

"새 원단은 없지만, 예전에 사 둔 원단들이 있잖아. 저것들을 잘 활용하면 뭔가 새로운 것들이 나오지 않을까?"

내 긍정적인 기질과 모험심 많은 성격은 여기서도 또 반짝 빛을 발했다.

패션만큼 금방 금방 유행을 타는 아이템이 있을까. 게다가 돌아올 시즌의 유행을 먼저 암시하는 장(場)인 디자이너의 패션쇼에서만큼은 유행의 최첨단을 달려야 하는 것이 기본일 것이다. 원단 하나의 미세한 감촉부터 디테일한 색감까지 모조리 유행이 바뀌어 버린 시점에, 철지난 구(舊)원단을 갖고 디자인을 하겠다는 내

발상이 직원들 눈에는 얼마나 한심스럽게 보였을까. 공개된 자리에서 대대적인 망신을 당해야 내가 정신이 들 것이라 생각하지 않았을까. 그러나 나는 결과적으로 어떠한 망신도 당하지 않았고, 여느 서울컬렉션 때와 마찬가지로 무난하고 만족스럽게 치러냈다.

그럼 도대체 원단을 어떻게 구워삶았단 말인가. 요술공주 밍키나 꿈의 요정 바람돌이처럼 요술을 부렸을 리 만무한 데 말이다. 비밀은 구 원단의 재발견이다.

'오래된 원단을 새것처럼 보이게 하려면 어떻게 해야 하나.'

오랜 고심 끝에, 나는 가위를 집어 들었다. 그리고는 오래된 원단들을 이리저리 자르고 붙이는 등 이른바 원단의 리폼을 시작했다. 자르고 붙여도 새로운 느낌이 살지 않을 때는 색감의 변화를 위해 염색도 해보았다. 그 결과 칙칙한 느낌의 구 원단들은 한결 신선하고 새로운 느낌의 원단으로 거듭났다. 그렇게 마련된 원단 위에 디자인을 하고, 모델들을 내 반지하로 불러 모아 가봉을 했다. 이처럼 각고의 노력 끝에, 우여곡절 속에 치른 서울컬렉션이다. 상황이 힘들면 좀 쉬면 어때서? 미련하게 뭐 하러 그렇게 악착같이 서울컬렉션에 매달렸나 할지도 모른다. 앞서도 말했지만, 서울컬렉션은 내 디자이너로서의 자존심이 걸린 무대이며 국내 디자이너들이 서로 협동하여 우리나라 디자인 발전을 위해 노력하자고 하는 하나의 암묵적 약속이 담긴 무대이다.

한국 최초의 정기 컬렉션인 'SFAA(SEOUL FASHION ARTISTS ASSOCIATION) 서울컬렉션'의 설립 취지가 무엇이던가. 파리, 밀라노, 뉴욕, 런던 등의 세계적인 컬렉션이 지향하는 것처럼 국내의 섬유, 패션산업을 바탕으로 세계적인 패션중심지로 발돋움하는 데 그 목적을 두고 있다하지 않았던가. 따라서 여러 가지 어려운 여건 속에서도 정기 컬렉션 개최를 통해 우리나라의 우수한 디자인력을 세계에 알리고 국내 패션산업의 발전을 도모하며 장차 우리나라가 세계적으로 인정받는 패션 강국으로 성장하는 데 중요한 교두보 역할을 해온 것이 SFAA 서울컬렉션이다.

국내 정상급 디자이너들에 의해 1990년에 발족한 SFAA에 진태옥 선생님의 추천으로 1992년부터 정회원으로 활동을 시작한 나는, SFAA에 대한 애착이 남다르다. 그래서 아무리 내 상황이 지옥 나락으로 떨어져 허우적거린다 해도 포기할 수 없는 중요한 것으로 여겼던 것이다. 만약 회원 한 사람 한 사람 조금만 상황이 나빠도 서울컬렉션을 포기하기 시작한다면, 과연 누가 저 무대를 지켜내겠냐 싶었다. 그렇기 때문에 '그래서 참가한다'가 아니라 '그럼에도 불구하고 참가한다'가 바로 서울컬렉션에 대한 내 열정이고 애정이다. 그리고 그것은 1992년부터 2007년 현재까지 15년을 한결같이 일 년에 두 번 서울컬렉션과의 약속을 꼭 지킬 수 있었던 내 힘이자 원동력이다.

그래서 나는 요즘 젊은 신진 디자이너의 잦은 쇼의 포기가 못내 아쉽다. 팔은 안으로 굽는다는 말처럼, 특히 상황 악화로 남성복 디자이너 후배들이 쇼에 참가하지 못할 때는 더욱 마음이 아려온다. 초창기 남성복은 여성복에 비해 인지도나 지원

면에서 상당히 열악했다. 어려운 상황을 극복하고 현재는 여성복과 거의 대등한 상태의 인지도를 얻어냈고, 뛰어난 남성복 디자이너들이 제법 활발할 활동을 펼치고 있는 요즘이다.
그런데도 쇼에 참가하지 못하는 상황이 벌어지니 때론 좀 섭섭하기도 하다. 어쩌면 그들이 쇼를 너무 가볍고 쉽게 생각하는 건 아닌가 싶어 솔직히 걱정도 된다.
'나 하나쯤이야' 하는 사소한 안일함과 무책임이 다리와 백화점도 무너지게 만들었다. 극단적으로 말하자면 '나 하나쯤 쇼에 빠진들 뭐가 어떠랴……' 하는 그 안일한 개인주의로 인해, 우리 디자이너들이 힘을 모아서 꼭 지켜내야 할 서울컬렉션도 어쩌면 사라질 위기에 처해질지도 모른다. 모진 비바람이 몰아쳐도 끄덕하지 않을 튼튼하고 넉넉한 집 한 채는 버티고 있어야 든든한 법이지 않은가. 세계무대도, 파리도, 뉴욕도, 밀라노도, 모두 다 중요하다. 그러나 우리 디자이너들의 집, 서울컬렉션에 대한 마음의 자세부터 재정비했으면 한다.

디자인
이전에
품위와
덕

내가 좋아하는 디자이너 부류는 딱 2가지로 나눌 수 있다. 첫째는 당연히 옷을 잘 만드는 디자이너이고, 둘째는 옷뿐 아니라 삶에서도 디자인을 적용해 아름다운 삶을 살아가는 디자이너다. 그리고 난 후자 쪽에 더 큰 비중을 두고 있다. 품위와 덕을 갖춘 디자이너야말로 진정한 디자이너라고 생각하기 때문이다.

사실 예술가의 삶은 파란의 삶이라 해도 과언이 아니다. 유명하면 유명할수록 그 여세는 더하다. 예술가의 생애를 그린 영화와 소설 등의 작품을 보라. 그들은 일반인보다 더한 열정을 가졌기에, 때론 도를 넘어서는 행동을 하고, 그 열정이 잘못 쓰이면 자기를 파괴하는 행동으로 이어지기도 한다. 행복해지고자 하는 일인데 그 방향이 잘못되면 걷잡을 수 없이 방탕해지게 된다.

왜 자신의 삶인데 디자인 작업을 하듯 매끈하게 디자인할 수 없을까? 예술가들은 일반인들의 감정의 폭을 넘어서는 사람들이다. 사물에 대한 애정과 관심, 그리고 감동의 폭은 때론 광기로 치닫기도 한다. 나 또한 그저 살랑이는 바람, 물, 풀, 나무 한 그루에서도 마음이 흔들리고 설렘을 느낀다. 이 예민한 예술가적 기질을 잘 다독여, 작업으로 승화시키기 위해 노력해야 한다. 나 역시 이것이 내 행복임을 믿고 남보다 더 노력한다. 유명 디자이너이기 이전에 내게 중요한 것 역시 삶이고 품위와 덕임을 믿어 의심치 않는다.

물론, 아름다운 삶을 살아가는 것은 쉽지 않다.

삶이 예술보다 아름다울 수 있을까? 삶은 언제나 정제돼 있지 않다. 혼돈이며 무질서다. 숱한 오류와 시행착오가 뒤범벅되어 있고 열정과 낭만이 뒤섞여 있다. 가끔 자신의 삶을 떠올리기조차 싫을 때도 있지 않은가. 그래서 삶은 아름다움보다 추함에 가깝게 느껴지기도 한다.

반면에 예술은 어떠한가. 고통의 미적 승화, 카타르시스, 감동……. 그 모든 것은 삶을 이상화하고 이상화된 삶으로서의 예술에 다다르면 현실은 보잘 것 없게 생각된다.

오랜 시간 디자이너로 활동하다보니 어느새 디자인은 내게 생활이 되었다. 일상에서 부딪히는 다양한 경험들이 고스란히 내가 만든 옷 속에서 새롭게 표출되고 하나의 작품으로 완성되고 있는 것이다.

후배 디자이너들에게 항상 당부하는 게 있다. 멀리 보라는 것이다. 20년 정도 해보고 나니 옷 하나 잘 만들고, 좋은 옷으로 빨리 유명해지고 해외 컬렉션에 가고 그런 것은 솔직히 큰 의미가 없다. 기본적인 베이스가 단단하고 본인의 미학적 잣대가 바로 갖춰 있어야 평생 할 수 있다. 디자이너란 종합예술가, 상업적 예술가란 긍지와 자부심으로 임하기를 바란다.

한국
패션의
발전을
바라며

한국 패션의 당면 과제에 있어 꼭 짚고 넘어가야 할 커다란 문제점이 있다. 컬렉션의 통합 그리고 남녀복장별로의 구분이 그것이다. 다행히 패션계는 권모술수나 중상모략으로 패권을 잡는 정치가 아니라 크리에이티브와 앞선 감성이 가치를 인정받는 분야라는 것이 문제해결의 여지를 남겨 두지만 말이다.

단체는 많을 수 있다고 본다. 그러나 컬렉션은 하나로 통일되어야 한다. 그 다음에 세계적인 바이어와 프레스가 올 수 있다. 그런 이후에야 세계적인 스타 디자이너도 나올 수 있는 것이다. 내가 살아왔던 우리 시대의 방식이 후배들에게는 적용되지 않을 것이라고 생각한다. 불합리한 구조에서 익숙해지기보다는 창의적 아이디어를 발휘하며 살기를 바란다.

매해 서울컬렉션이 도마 위에 오른 가장 큰 화두는 '카피' 논란이었다. 이제는 너무 식상한 문제라 그 자체를 다시 언급하기보다는 해결책을 제안해야 할 듯하다.
가장 먼저 패션관계자라 할 수 있는 모든 이들이 입단속 좀 했으면 한다. 컬렉션은 대충 훑어보고 한두 가지 요소를 트집 잡아 해외디자이너의 카피라고 몰아붙이는 식은 이제 그만 두어야 한다.
패션에서 디자이너들이 서로 영향을 주고받는 것은 자연스러운 일이다. 세계적인 디자이너 마크 제이콥스도 누구누구의 아이디어를 도용했다는 혹평을 듣지만 그 자신도 그들에게서 영향을 받는다고 당당하게 밝히지 않는가?
물론 이런 카피 논란을 정면으로 반박하고 호사가들의 입을 틀어막기 위해선 디자이너들이 뼈를 깎는 노력을 해야함은 물론이다. 해외컬렉션 사진을 옆에 두고 디자인한 듯 너무나도 똑같은 옷에, 모델만 바뀐 것 같은 느낌을 주어선 안 된다. 심지어는 해외디자이너 몇 명의 컬렉션을 약간 변형하고 조합하는 정도의 수준을 보여주는 컬렉션을 본 적도 있다.
그리고 원단과 봉제 테일러링이 무엇보다 중요하다. 이것은 디자이너의 기본 소양이다. 이제 우리나라도 패션 관계자나 소비자들의 수준은 세계 최고를 달리고 있으며 그들의 눈은 냉철한 감시망을 갖추었으므로 우리나라 국민들이 명품만을 입는다고 투덜대지 말고 그들과 눈높이를 맞추는 실력과 품질을 하루빨리 갖추어야 한다.
컬렉션의 일정도 단순히 내부적인 합의만을 구하기보다는 해외컬렉션 일정을 고려하는 것도 필요하다. 그렇게 된다면 해외 기자들과 바이어를 합리적 인 수준에서 초대할 수 있을 테고, 그 수도 많아질 것이다. 또한 긴 시간 차를 두지 않고 바로 개최했을 때 국내 디자이너들이 같은 시즌 해외디자이너 컬렉션을 카피했다는 논란도 잠재울 것 아닌가? 해외 유명 디자이너가 하면 트렌드고, 우리나라 디자이너가 하면 카피가 되는 시간차 공격을 피했으면 한다.

몇 년 전 본인이 컬렉션에서 선보였던 밀리터리 재킷을 그대로 이번 컬렉션에 선보인 세계적인 명품브랜드 입센로랑도 있었지만 말이다. 그들도 우리 컬렉션을 참고한다는 사실을 알았다.

일본은 이세이 미야케와 요지 야마모토 같은 세계적으로 인정받는 디자이너가 있어서 세계 패션계에서 알아주고, 중국은 방대한 시장 규모 때문에 대접 받고, 우리나라는 이도저도 아닌 처지로 세계무대에서 '개밥에 도토리' 같다는 느낌이 든다.

우리도 실력을 갖춘 그룹이 있고, 시스템을 구축할 수 있는 컬렉션도 있다. 세계적으로 인지도를 높이고 있는 디자이너도 있으며 수준 높은 패션소비자들도 많이 있다.

타성과 이권을 빌미로 이 모든 가능성을 매장하지 말자. 컬렉션을 단순히 브랜드 홍보를 위한 이벤트 정도로 여기면 안 된다. 돈봉투를 받고서야 참석하는 연예인이 관중석의 제일 앞자리를 차지하는 것도 이제 그만하자. 세계적인 백화점과 멀티숍의 바이어와 프레스들이 한국디자이너 컬렉션을 보기 위해 관중석을 가득 메우는 날이 오길 바라는 마음 간절하다.

무심한
파리의
멋

파리는 작은 도시이다. '예술의 도시'로서 전 세계에 발휘하는 영향력과 달리, 막상 파리는 도보로 하루면 쏘다닐 수 있는 작은 도시이다.
몽테뉴, 생 토노레, 생 제르맹 데프레, 마레지구까지 펼쳐지는 최신유행의 향연. 파리는 1년 내내 패션의 마약에 취해 있는 것 같다. 그도 그럴 것이 1월과 7월의 오뜨꾸뛰르컬렉션, 그 뒤에 바로 남성복컬렉션, 3월과 10월에 각각 기성복컬렉션인 파리 프레타포르테컬렉션이 열린다. 또 사이사이 원단 전시회와 부자재 및 액세서리, 메종에 이르기까지 디자이너 및 패션 피플로 파리는 뜨거운 열기에 휩싸인다.
파리를 파리이게 하는 힘은 무엇일까? 그 작은 도시에 담긴 상징성은 무엇일까?

스페인 출신 파블로 피카소는 청년 시절 비참한 가난에 허덕이면서도, 파리의 몽마르트 언덕이 세상의 중심이라는 꿈은 결코 팔지 않았다. 그리고 얼마 후 그의 예술은 세상의 중심에 설 수 있었다. 자존심의 승화, 이것은 파리의 승리였다.
많은 사람들이 파리를 한번 다녀오면 통과의례처럼 열병을 앓는다. 버버리코트의 깃을 세우고 마로니에 벤치에서 센 강을 바라보는 것만으로도 예술적 영감을 얻게 만드는 도시. 북대서양과 알프스에서 불어오는, 냉동고의 성에처럼 뼛속까지 스며드는 추위와 고독까지도 파리에서 살고 있는 낭만쯤으로 체념하고 또 체념하게 하는 도시. 가을의 물안개처럼 또는 화사한 봄날 꽃망울이 터질 것 같은 모습으로 들뜨게 하는 파리는 떠나온 지 몇 십 년이 지나도 용수철처럼 끌어당기는 그리움으로 가득한 도시이다.
프랑스 사람들의 아름다움은 좀 특별하다. 특히 프랑스 여성들은 전 세계의 여성들이 '프렌치시크' 라는 말을 만들어 롤모델을 삼을 정도로 잘 알려져 있다. 내가 생각하기에 그들이 특별한 것은 선천적으로 타고난 미모에 관계없이 개성을 살릴 줄 알고, 그들의 라이프스타일 속에서 노력하고 있기 때문이다. 그래서 아름다움을 유지할 수 있는 것이다. 화장품이 의류 못지않게 세계 최고의 자리를 유지할 수 있는 이유도 그들의 문화나 석회질이 많은 수질 때문이라고도 하지만 아름다움에 다가가려는 그들의 노력에 있다고 할 수 있다.
'프랑스 여자들은 살이 찌지 않는다' 라는 속설이 생길 정도로 자기관리에 엄격하고, 나이 들어서도 품위를 잃지 않는 진정한 에고이스트의 힘을 보여주는 그들. 슈퍼모델이 퍼스트레이디가 되는 것을 꺼리지 않는 개방적 사고, 결혼보다는 동거 비율이 높고, 싱글맘이 보편화되어 있는 모습 등 자아와 개인을 존중하는 사회풍조도 그것에 한 몫을 했을 것이다.

프랑스 사람들의 멋은 어디에서 나오는 걸까. 나는 그것이 세련됨을 넘어선 무심함의 힘에서 비롯된다고 생각한다. 올 풀린 청바지에 화이트셔츠 하나만 걸쳐도, 부스스한 머리를 자연스럽게 틀어 올리고, 주근깨가 보이도록 엷게 화장을 해도 멋스러운 게 프렌치시크다. 자신만의 스타일과 아름다움을 마음껏 발휘하는 것, 아마 이것이 프렌치시크의 핵일 것이다.

항상 당당하며 자신감 있는 그들의 태도는 어디서 연유된 것일까. 각종 명품 브랜드에 휩싸인 파리를 살고 있는 그들은 정작 그것에 구애받지 않는 여유로움을 가지게 되었다. 오히려 우리처럼 명품 브랜드에 다가가기 어려운 현실에 있는 자들이 그것에 더 가치를 두고 매달리는 부끄러운 모습이다.

파리의 낭만과 로맨틱이 묻어 있는 미의 기준과 함께 새로운 자신을 발견하고, 정신적인 자유까지 누리는 모습. 그래서 이 지구상의 모든 사람들이 그렇게 그 도시를 갈망하는 것일까? 풍요로운 물질보다는 풍요로운 정신을 선사해주는 도시 파리가 그래서 더욱 소중하다.

photo by 왕태균

러시아의
깊고
푸른
밤

여행예찬론자인 내가 특별히 꼽고 싶은 여행지가 있다면, 몇 해 전에 다녀온 '러시아'이다.

러시아는 내 오랜 동경의 대상이었다. 중학교 시절에는 도스토예프스키에 매료되어 러시아를 동경했고, 고교시절에는 영화 〈닥터 지바고〉를 보고 큰 감동을 받아 더욱 러시아를 동경하게 되었다. 또한 대학시절에는 차이코프스키, 라흐마니노프의 음악에 경도되어 다시 러시아를 꿈꾸기 시작했다.

'이런 음악은 정말이지 밤이 길고 음습하고, 추운 바람이 몰아치는 곳에서만 나올 것 같아. 이들이 러시아에 살지 않았다면 과연 이런 정서를 노래할 수 있었을까. 러시아는 도대체 어떤 곳일까.'

내 무의식의 중심에는 어쩌면 '러시아'가 자리 잡고 있었는지도 모른다. 그만큼 오랜 시간을 열망해온 만큼, 러시아를 떠날 때의 기대는 최고조에 달할 수밖에 없었다.
그리고 마침내, 러시아 모스크바 공항에 내렸다. 그때부터 나의 감동은 시작되었다. 그 감동의 시작은 하늘이었다. '러시안 블루'. 말로만 듣던 러시안 블루를 직접 보고야 비로소 알았다. 하늘이라고 해서 그저 똑같은 하늘이 아님을……. 프랑스의 하늘도 우리네 하늘과는 달랐고, 러시아의 하늘은 정말로 '러시안 블루'였다.
그리고 차근차근 둘러본 모스크바와 상트페테르부르크 시내에서 나는 그 옛날 도스토예프스키의 소설에서 읽었을 법한 낯익은 풍경들과 마주쳤다. 그 소설이 1800년대 후반에 쓰여졌음에도 불구하고 2000년대의 러시아는 소설 속에 묘사된 풍경과 다르지 않았다. 도스토예프스키의 『죄와 벌』에 나오는 침울한 다락방이나, 전당포 등이 거리 곳곳에 숨어 있었다. 그리고 차이코프스키의 발레곡 〈백조의 호수〉에 나올 법한 호수들이 도시 속에 살아 숨 쉬고 있었다. 또한 이곳저곳에 줄을 서서 심어져 있던 높디높은 자작나무는 러시아의 오랜 역사를 대신 말해주는 듯했다. 이러한 풍경들로 인해 러시아 모스크바 시내 한복판에서 내 사춘기의 열망들을 중년의 나이에 다시 들춰보는 아름다운 경험도 하게 되었다.
러시아에서 왜 그토록 위대한 예술가가 많이 나왔는지도 이제야 알았다. 바람에 귀 기울이고, 숲의 속삭임을 들으며 대자연이 주는 종합선물세트를 가슴에 품고 있는데 역시 그렇지……. 깊은 감동은 지독한 고독의 쓰라림으로 맺어진다는 것이다.

러시아의 정서는 우리네 정서와 닮았다. 한(恨)이 서려 있다는 공통점이 그것이다. 그러나 그 한(恨)의 정서라는 것이 우리네 한과는 좀 달랐다. 우리의 한은 외세의 침입으로 인해 갖은 전쟁을 치르며 생긴 부산물로 이별과 슬픔의 한이라면, 러시아의 한은 끝없는 강이 가진 유구한 역사의 한(恨) 같았다.

러시아 여행을 마치고 돌아왔을 때, 나는 그곳에서 받은 많은 영감들을 그저 속에 담아두기가 못내 아쉬워 결국 그 여행의 흔적들을 내 옷에 반영했다. 그리고 그해 나의 패션쇼는 '러시안 블루'가 테마가 되었다. 물론 러시아의 웅숭하고 깊은 음색을 가진 가곡이 패션쇼의 배경음악으로 깔렸다.

유니버설발레단의 '잠자는 숲속의 미녀' 무대를 그대로 옮겨왔던 06~07 F/W 장광효컬렉션

노블레스
오블리주

'노블레스 오블리주nobless oblige'란 고귀한 이들이 마땅히 갖고 있어야 하는 사회적 책임과 의무를 뜻하는 말이다. 이 말의 유래는 귀족사회인 유럽에서 귀족계급이 평민들로부터 존경받고 명예를 유지하려면 사회적 책임을 지어야 한다는 것으로, 전쟁이 나면 먼저 나가 싸우고 사회에 더 많은 것을 내놓아야 한다는 정신을 의미한다.

나는 우리나라의 노블레스 오블리주 정신을 떠올릴 때마다, 르네상스를 후원했던 이탈리아의 메디치 가문처럼, 자그마치 12대 300년 가까운 세월 동안 만석꾼을 지내면서 적선을 해온 경주의 최부자집을 생각한다. 그 기준은 보는 사람의 관점에 따라 다를 수 있다. 내가 우선적으로 생각하는 기준은 그 집안사람들이 '어떻게 살았느냐'이다. 꼭 벼슬이 높아야 명문가가 되는 것은 아니다. 얼마나 진, 선, 미에 부합하는 삶을 살았느냐가 중요하다. 그들이 어떻게 살았는지를 파악하는 가장 실질적인 자료는 현재까지 남아 있는 고택이다. 오랜 세월 버텨낸 고택들에는 나름의 이유가 있다고 생각하기 때문이다.

첫째는 역사성이다. 역사를 의식하는 사람과 의식하지 않는 사람의 행동은 다를 수밖에 없다. 내가 한옥을 워낙 좋아해서, 일부러 찾아간 고택들 가운데는 400~500년의 역사를 갖고 있는 집들도 있었다. 그 집안의 역사와 사회적 기여도가 반드시 비례하는 것은 아니지만, 한 집안이 이만한 세월 동안 고택을 보존하고 있다는 것은 대단한 일이다. 광주의 고봉 기대승(1527~1572) 집안, 안동의 학봉 김성일(1538~1593) 종택, 해남의 고산 윤선도(1587~1671) 집안이 이러한 고택을 유지하고 있다.

둘째는 도덕성이다. 고택을 유지하고 있는 집안들은 집안 나름대로의 철학과 문화, 신념이 있다. 그 철학과 문화를 한 마디로 정리하면 '선비정신'이라고 하겠다. 자기 자신에 엄격한 반면, 타인에게는 관대한 정신이 바로 선비정신이다. 국난을 당해서는 전쟁터에서 목숨을 내놓았고, 주변 사람들의 고통에 대해서 모른 체하지 않았다. 선비정신이야말로 한국판 '노블레스 오블리주'라고 여겨진다. 이러한 도덕성이 뒷받침 되었기에 고택을 유지할 수 있었음을 주목해야 한다. 주변 사람들에게 존경받지 못했던 많은 저택들은 동학과 6.25와 같은 사회적 격변기에 거의 불타버렸다.

셋째는 인물이다. 명문 고택을 유지하는 집안들은 과거와 현재에 걸쳐 인물들을 배출하였다. 그 집안을 일으킨 중시조들은 당대의 이름을 드날린 인물들이다. 안국동의 윤보선 집안, 진도의 운림산방은 소치 허련 이래로 5대째 계속해서 화가가 배출되는 집안이고, 남원 몽심재의 죽산 박 씨들은 원불교 성직자를 수없이 배출했다. 인물이 나와야 고택을 유지할 수 있다. 그래서 한국에서 가장 아름다운 고택으로 강릉의 선교장, 예산의 추사 김정희 고택, 전북 익산 망모당, 충남 의암마을의 예안 이씨 종가, 경남 거창의 동계고택 등이 꼽힌다.

산업화와 민주화를 거치면서 이제 한국 사회에도 상류사회, 또는 상류문화가 형성되어 가고 있다. 어느 나라이든지 간에 상류사회는 존재하기 마련이다. 철학과 도덕성을 갖춘 상류사회가 존재할수록 그 사회는 안정된 사회이고 아울러 사회 구성원 전체의 삶의 질이 올라간다. 우리 사회도 이제 부도덕한 졸부의 시대가 가고 제대로 된 상류층이 나와야 할 시기가 되었다고 생각한다.

나에게도 꿈이 있다. '언젠가는 이 사회에 내가 가진 것을 환원해야겠다'는 막연한 생각이 뉴욕 여행을 통해 구체적인 꿈으로 다가왔다.

여행에서 본 뉴욕은 그야말로 문화의 각축장이었다. 특히 그 많은 갤러리와 박물관이 뉴욕의 그 비싼 땅덩이를 턱하니 차지하고 사람들에게 볼거리를 제공하고 있었다. 가이드의 설명을 듣고 나니 그 땅들은 부유한 사람들이 문화 공간을 위해 쓰라고 기증한 것이라고 했다. 그 말에 나는 불현듯 내가 무엇을 해야 할지 깨닫게 되었다.

서울로 돌아와 나는 청담동 한복판에 그런 공간을 짓기 위한 구체적인 생각을 마음에 담게 되었다. 내가 생각하는 다목적 홀이 지어지게 되면, 그동안 돈이 없어 장소를 구하지 못해 절절매던 후배 디자이너들을 위해 무료로 홀을 대여해 줄 수도 있고, 각종 음악회나 연극 무대를 통해 보다 많은 사람들이 문화를 향유하게 해 줄 수 있을 것이다. 물론 이런 꿈을 이루기 위해서는 좀더 부지런히 돈을 벌어야 할 것이지만, 바로 이것이 내 몫의 노블레스 오블리주가 아닐까 생각한다.

SFAA 장광효컬렉션

03-04 FW
04 SS
04-05 FW
05 SS
05-06 FW
06 SS
06-07 FW
07 SS
07-08 FW
08 SS

03-04 FW

03-04 FW

03-04 FW

03-04 FW

04 SS

04-05 FW

04-05 FW

04-05 FW

04-05 FW

05 SS

05 SS

05 SS

05 SS

05 SS

CHANG
KWANG
HYO

05-06 FW

05-06 FW

05-06 FW

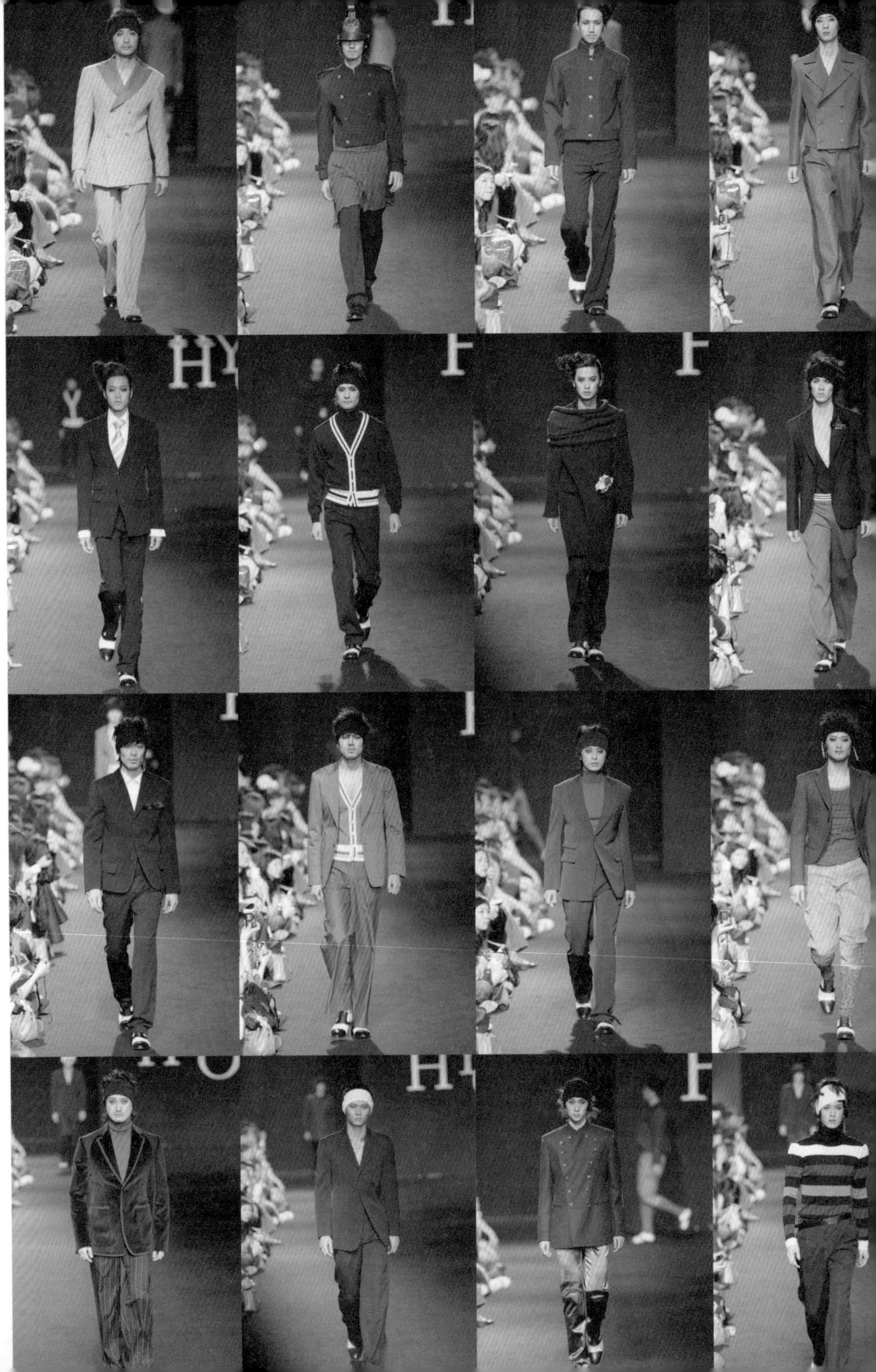

05-06 FW

SS 06

06-07 FW

06-07 FW

06-07 FW

06-07 FW

07 SS

07 SS

07 SS

CHANG
KWANG
HYO

07-08 FW

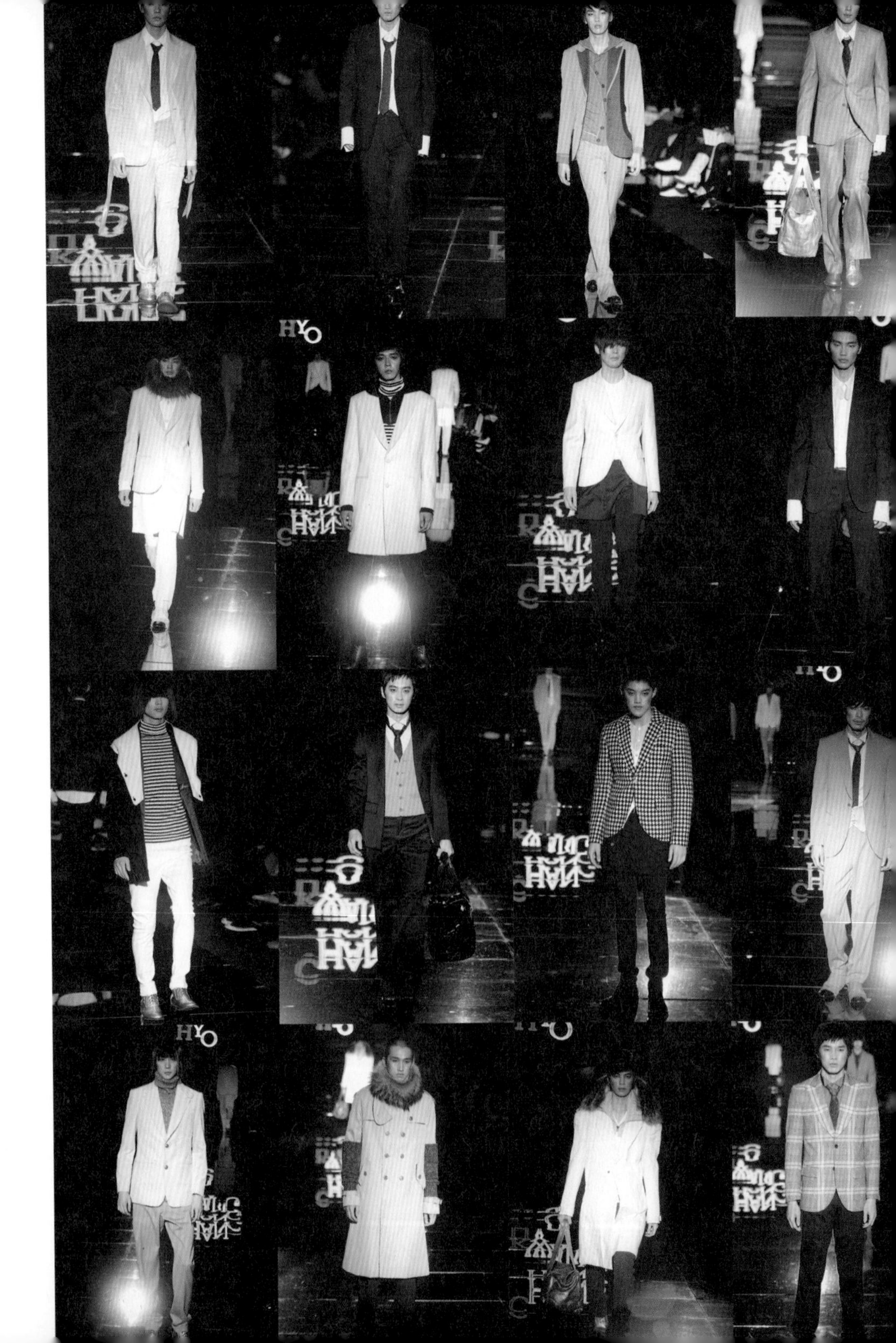

07-08 FW

07-08 FW

HANG
WANG
HYO

SS 08

SS 08

CHANG
KWANG
HYO

08 SS

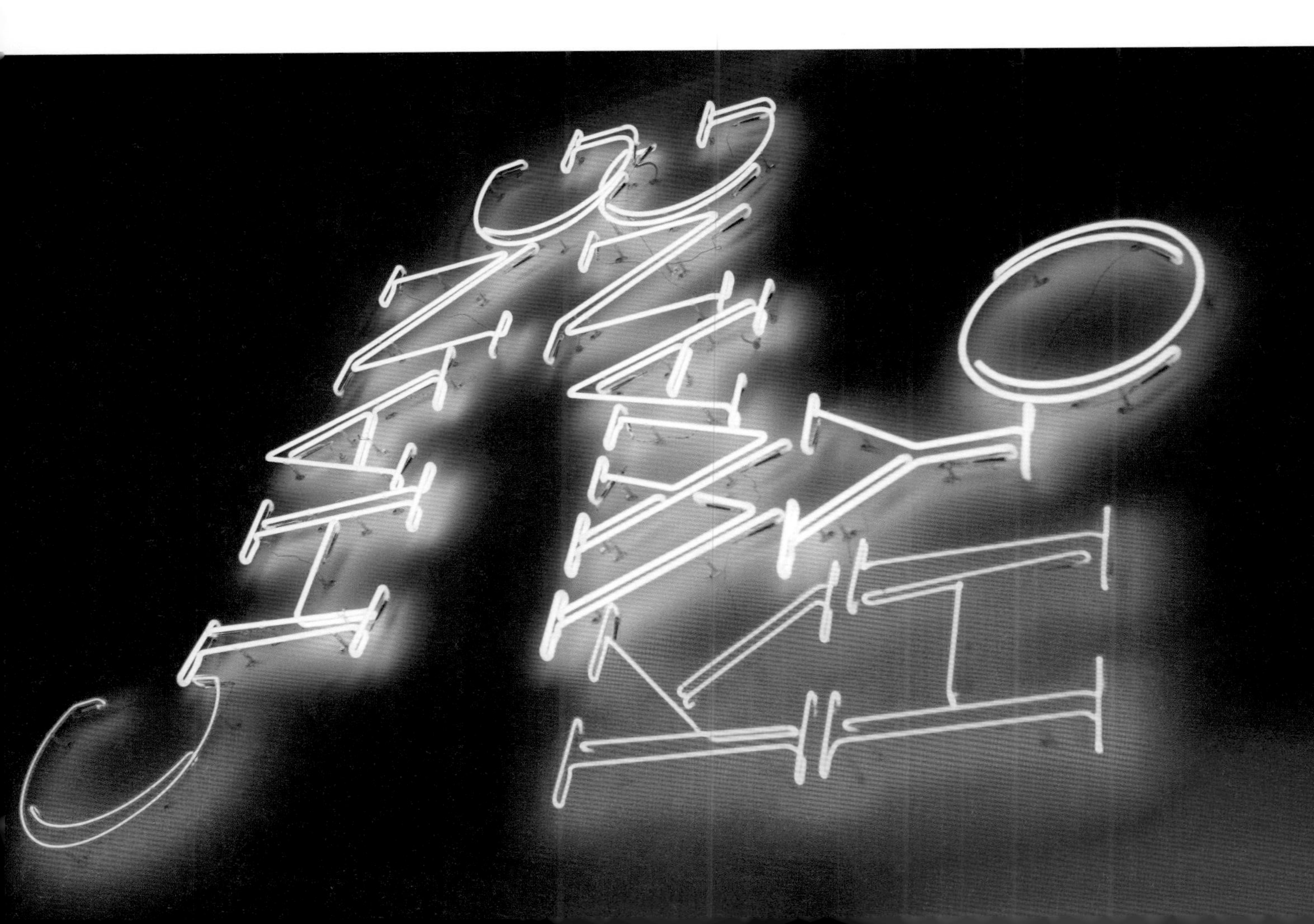

디자인은 사랑입니다

저는 트렌치 코트를 좋아합니다. 남자를 가장 낭만적으로 보이게 만드는 마술 같은 옷이기도 하지만 영화 〈애수〉에서 트렌치 코트를 입고 워털루브리지를 건던 로버트 테일러의 잔상이 깊기 때문입니다.
또한 애절한 뭔가가 제 마음에 콕 박히는 것만 같은 상사화란 꽃을 저는 좋아합니다. 수선화과의 여러해살이풀인 상사화는 꽃은 피우지만 열매는 맺지 못합니다. 그래서 꽃과 잎이 만나지 못한 채 그리움만 삭이는 꽃이라고 해서 상사화라고 부릅니다. 이룰 수 없는 사랑입니다.
자신의 육체를 초월하기로 다짐하고 또 다짐한 수도자들도 사랑과 애착의 포로가 되기도 합니다. 입센은 '한 사람도 사랑해 본 일이 없는 사람이 온 인류를 사랑한다는 것은 불가능하다'고 했고, 시몬 데스카는 '사랑의 비극이란 없다. 단지 사랑이 없는 곳에만 비극이 있다'고 했습니다.

사랑이 고통스러운 것은 상대를 소유해 내 욕망을 채우려는 이기심 때문이지 않을까요. 눈물인 듯 흘러내리는 그 빗방울 속에서도 상사화는 생각과 달리 여전히 웃고 있습니다. 그 영롱함과 아름다움은 분명히 어떤 아픔 속에서도 누군가를 사랑할 때만 볼 수 있는, 바로 그런 무엇입니다.
우리에게 사랑을 빼면 무엇이 남을까요. 하늘에는 별이 있고, 땅에는 꽃이 있고, 사람에게는 사랑이 있다고 합니다. 저는 지금 낙엽이 떨어지고, 겨울 찬바람에 휘날리는 모든 자연과 사랑에 빠져 있는 행복한 사람입니다.

책을 출간하기까지 수없이 망설였습니다.
부담감도 많았고, 아직 할 일이 많은 사람이 책을 쓴다는 게 그리 마음 편한 일이 아니었습니다. 하지만 디자이너에 입문한 지 20년을 정리하고 앞으로의 20년을 담담하게 여러분께 밝히는 자리가 필요하다고 생각해서 감히 출간을 결심하게 되었습니다.
고객, 일반 독자, 패션을 전공한 대학생 등 모든 분이 읽을 수 있도록 편안하게 글을 썼습니다. 특히 젊은이들이 디자이너의 꿈을 갖고 도전하고 성장해서 세계적인 디자이너가 나왔으면 하는 바람을 안고 이 글을 썼습니다.
인생과 투자의 승자들은 스스로 자신의 인생스토리 대본을 쓰고, 대본 그대로 연기하고 이러한 가운데 비로소 만족을 느끼는 사람들 같습니다. 우선 자신을 열정적으로 만드는 게 무엇인지 파악하는 게 가장 중요합니다. 이게 자유고 힘이고 결국 이기는 길입니다.
끝으로 내 인생의 최고 조언자이자 반려자인 나의 아내에게 이 책을 바칩니다.

패션디자이너 장광효

장광효, 세상에 감성을 입히다

1판1쇄 | 2008년 2월 11일
1판2쇄 | 2008년 2월 18일

지은이 | 장광효
펴낸이 | 김정순
기획・편집 | 심선영
편집 | 이은정 배경란 안강휘 정행순
마케팅 | 최정식 이숙재 정상희
펴낸곳 | (주)북하우스
출판등록 | 1997년 9월 23일 제406-2003-055호

주소 | 413-756 경기도 파주시 교하읍 문발리 파주출판도시 513-8
전자메일 | editor@bookhouse.co.kr
홈페이지 | www.bookhouse.co.kr
전화번호 | 031-955-2555
팩스 | 031-955-3555

ISBN 978-89-5605-230-4 03810

이 도서의 국립중앙도서관 출판도서목록(CIP)은 e-CIP 홈페이지(http://www.nl.go.kr/cip.php)에서
이용하실 수 있습니다.(CIP제어번호:CIP2008000305)